Mellie Eliel

La veilleuse du web et des mondes

Roman

© 2024 Mellie Eliel, Tous droits réservés

ISBN : 978-2-3225-5912-1

Dépôt légal : novembre.2024

Édition : BoD · Books on Demand GmbH, In de Tarpen 42, 22848 Norderstedt (Allemagne)
Impression : Libri Plureos GmbH, Friedensallee 273, 22763 Hamburg (Allemagne)

Le code de la propriété intellectuelle n'autorisant aux termes des paragraphes 2 et 3 de l'article L.122-5, d'une part, que les copies ou reproductions strictement réservées à l'usage privé du copiste et non destinées à une utilisation collective et, d'autre part, sous réserve du nom de l'auteur et de la source, que les analyses et les courtes citations justifiées par le caractère critique, polémique, pédagogique, scientifique ou d'information, toute représentation ou reproduction intégrale ou partielle, faite sans le consentement de l'auteur ou de ses ayants droit ou ayants cause, est illicite (article L.122-4). Cette représentation ou reproduction, par quelque procédé que ce soit, constituerait donc une contrefaçon sanctionnée par les articles L.335-2 et suivants du Code de la propriété intellectuelle.

Tome 1

1

Ce matin-là, les oiseaux chantaient, les feuilles des arbres bruissaient au gré de la légère brise matinale, le soleil commençait à percer tout doucement sur ma peau découverte. Je m'étirais et mit un temps certain avant d'ouvrir les yeux. Je me levais finalement, mis machinalement mes chaussons aux pieds et allumais le poste de radio et tombais sur une belle chanson d'une de mes chanteuses coup de cœur du moment. J'entonnais avec cette dernière et me dirigeais vers la salle de bain pour me laver et me préparer. Je descendais les escaliers et rejoignais la cuisine pour me préparer mon petit-déjeuner.

Une fois installée, j'attrapais mon téléphone et ouvrait l'une de mes applications de réseaux sociaux habituelles.

Je défilais les stories des personnalités que je suivais alors et m'apercevais encore une fois que ces derniers se plaignaient des nombreux bugs et autres mises à jour difficiles à suivre. Beaucoup se plaignaient également des différents incidents et autres harcèlements vécus sur internet et principalement sur les réseaux sociaux. Parfois, ces mêmes personnes les dénonçaient, parfois ils le vivaient mal et trop intensément.

C'était sans conteste, l'époque du tout ou rien, de la haute technologie, où tout le monde passait toujours la plupart de son temps sur son écran, qu'il soit téléphone portable, ordinateur portable, tablette, liseuse, etc.

J'étais comme tous les autres et trainais pas mal de temps dessus. Une fois, mon petit-déjeuner terminé, je m'affairais dans la maison avant de sortir pour la journée, chercher de l'inspiration. En fin de journée, je rentrais à la maison, je me mettais à l'aise et m'affalais sur le canapé du salon, allumais des bougies ainsi que la cheminée, mettais un peu de musique et me blottit contre un coussin et sous un plaid.

Je m'endormis quelques heures et lorsqu'enfin, j'ouvris les yeux, la première chose que je fis, fut d'appuyer sur une des applications des réseaux sociaux, celle-ci peinait à s'ouvrir. À force d'insister, l'application s'ouvrit mais pas comme d'habitude…

2

… Un immense portail apparût devant moi et m'aspira !

Je hurlais au début et finit par me calmer. Où étais-je et que se passait-il ? Je voyais ma vie défilait, ma naissance et le choix de mon prénom donner par mes parents, Stacy. Mon enfance, puis mon adolescence, mes premiers pas dans l'âge adulte et enfin mes différentes rencontres avec mes amis, mon travail. Peu de choses comparé à d'autres mais je réalisais que cela allait changer à tout jamais à cet instant précis.

L'intérieur de ce portail était coloré et chaque couleur défilait rapidement, sur les contours de ce portail-tunnel, figurait des formes géométriques qui sautillaient et clamaient mon prénom. Je me demandais alors d'où l'on me connaissait et ce que l'on me voulait.

J'atterris quelques longues minutes plus tard dans un nouveau monde gris et recouvert de poussière.

De la haute et épaisse poussière recouvrait l'ensemble de cet endroit qui semblait désertique. Je me mis à tousser, ce qui réveilla, une affreuse et terrible sorcière, se nommant Frustrella. Celle-ci avait le visage hideux et luisant. Elle était assez grande de taille mais voutée, elle portait une robe déchirée par endroit qui était noire et rouge et elle portait des sabots pointus et ouverts laissant apparaître ses pieds crochus. Elle se réveilla en sursaut et hurla : « Qui voilà ! Qui a osé me sortir de mon état de repos mensuel ? »

Je me tus alors instantanément, m'empêchant de tousser et allais me cacher derrière un meuble proche.

Frustrella se leva et sortit sa baguette magique, récita une formule et me découvrit cachait derrière ce meuble. Elle s'approcha en ricanant et me releva sans difficulté. Je me mis à hurler en la découvrant mieux. J'avais pu l'entr'apercevoir seulement au début.

Me mettant à hurler, elle fit de même, ce qui me fit taire. Elle se moquait de moi en jouant le même petit jeu et m'imita pendant plus d'une heure. Qu'attendait-elle ?

Je finis par lui dire : « Qui êtes-vous ? Où suis-je ? Et qu'allez-vous faire de moi ? »

Frustrella : C'est à moi que tu demandes, petite sotte ? Je ne t'ai pas invité chez moi. Tu n'es pas de l'un des mondes que je contrôle…

Stacy : De quels mondes parlez-vous ?

Frustrella : Tu n'as pas à le savoir. Je suis celle qui maîtrise une partie essentielle d'un système dans un monde sur lequel je n'ai aucun contrôle.

Stacy : Quel est ce monde ?

Frustrella leva les yeux au ciel et ajouta tout doucement : « La terre » …

Stacy écarquilla ses yeux et dit : « La terre ? Mais j'en viens ! et qu'entendez-vous par contrôler ? »

Frustrella : Tu en viens, dis-tu ? Très bien, tu vas peut-être m'être utile finalement, je te laisse la vie sauve si tu acceptes de me raconter tout ce que je veux savoir sur ton monde…Je pourrais alors contrôler les réseaux sociaux et tout ce qui s'y passe mais aussi le monde entier !

Stacy : Attendez, c'est vous qui provoquer toutes ces anomalies dessus ? Mais quel en est l'intérêt ?

Frustrella : Installer le chaos bien sûr !

Stacy : Je ne peux pas vous suivre dans vos délires de vieille peau toute fripée, je suis désolée.

Frustrella : Dans ce cas, tu vas subir ma colère !

Elle la jeta contre le mur de la pièce poussiéreuse et lui jeta un sort. Puis lui dit : « Dès maintenant, tu seras mi-animal, mi-femme. Et n'essaie pas de rompre le sort car plus tu essaieras, plus tu auras de formes ajoutées. »

Stacy se mit à sangloter et fut envoyée en cellules par l'intermédiaire de scorpions mangeurs d'hommes.

Ces derniers tentèrent d'ailleurs de la piquer et de lui manger quelques morceaux par-ci, par-là.

Stacy hurlait et prise d'une rage folle, se transforma en une ourse qui, d'un coup de griffe, les élimina tous. Elle fut jetée sur le sol de la cellule et se découvrit métamorphosée en ourse. Elle se tourna dans un sens puis dans l'autre et finit par soupirer.

Elle se posait mille et une questions, comment et pourquoi était-ce elle qui avait été aspirer par cet immense portail multicolore ? Comment allait-elle rentrer chez elle ? Combien de temps allait-elle rester enfermée là ?

Autant de questions qui demeuraient sans réponse…

3

Je finis par m'endormir dans un coin de cette vaste pièce. Alors que je pensais rêver, j'entendis une voix m'appelait ... Stacy... Stacy, réveille-toi !

Je sursautais et me relevais toute courbatue et répondit : « Oui ? Qui est-ce ? »

La voix venait du sol, je me penchais alors en avant et découvrait une coccinelle vraiment toute petite. Je la pris sur mon doigt et l'approchait de mon visage, elle me dit : « Nous t'attendions avec impatience ! Bienvenue à toi, tu as été choisie pour faire partie d'une très grande aventure ! Tu vas rejoindre l'alliance fantastique qui est composée de moi Coccinella, de Scarabéo, de Libellula et de Nao. Vous serez ainsi tous deux identiques, venant du même monde. Nao est ici depuis quelques années maintenant de son plein gré et ne regrette en rien son choix d'être resté parmi nous. Bienvenue à toi Stacy, l'aventure va pouvoir commencer ! »

Je n'en revenais pas de ce qu'elle venait de m'apprendre, mais de quelle aventure parlait-elle ? Qui étaient-ils tous ? Quelle était ma mission exactement ?

Coccinella me fit un bisou sur la joue et je me transformais simultanément en plusieurs animaux, ourse puis pivert et enfin renarde-lapine et enfin je redevenais moi-même.

Coccinella avait également la faculté de se grandir ou de se rapetisser en fonction des circonstances et situations et selon ses dires, il en était de même pour Scarabéo et Libellula. Mais je découvrirais tout cela au moment voulu.

Elle me dit : « Allez, Stacy, il est temps ! »

Stacy : Temps de quoi ? Je ne comprends rien !

Coccinella : Il est temps que l'on parte d'ici. Nous avons beaucoup de choses à faire maintenant que tu nous as enfin rejoints. Nous devons emprunter les autres portails menant dans les autres mondes pour prévenir les différents souverains du danger qu'ils encourent avec Frustrella.

Stacy : Mais comment pouvons-nous nous prémunir contre elle ?

Coccinella : Il existe dans l'un des royaumes, une perle secrète aux milles pouvoirs et personne ne l'a jamais trouvée. Frustrella a tenté de la rechercher mais en vain. Voyant son incapacité à la retrouver, elle devint encore plus horrible et méchante et se vengea sur tous les autres mondes, dont la Terre. Elle s'en prit aux plus faibles et surtout à celles et ceux qui passaient plus de temps sur les réseaux au lieu de travailler, estimant que ce n'était nullement un travail digne de ce nom.

Stacy : Mais cette perle existe-t-elle vraiment ?

Coccinella : Je suis sûre que oui. Allez, ne traînons pas, les Scorpinos vont revenir sinon et l'on aura vraiment des problèmes pour s'en débarrasser. Ce n'était pas prévu que tu atterrisses ici mais ce n'est pas grave. Cela t'a permis de voir qui elle est et ce qu'elle provoque. Grimpe sur moi et décollons !

Stacy : Les scorpinos ?

Coccinella : Oui, une partie des sbires de Frustrella. Tu as fait leur rencontre, il me semble tout à l'heure ?

Stacy hocha la tête puis monta sur son dos et s'envola dans les airs, prête ou non pour de nouvelles rencontres et aventures fascinantes !

4

Je volais pour la première fois dans les airs et surtout sur une coccinelle géante ! Quel effet spectaculaire ! Quels sentiments et sensations incroyables !

J'acceptais peu à peu mon nouveau rythme de vie et devenais de plus en plus impatiente de rencontrer les autres membres de cette alliance fantastique dont je faisais partie, à présent.

Je me remémorais leurs noms respectifs, il y avait Coccinella, Scarabéo, Libellula, Nao et moi. Je me demandais vraiment à quoi ils ressemblaient et où nous allions atterrir exactement. J'admirais également les paysages vu d'en haut. Des royaumes et châteaux à pertes de vue, nous survolions un monde magnifique. Ils étaient tous plus originaux et grandioses. Régulièrement, ils concourraient entre eux afin de gagner le premier prix du plus original et remportait le droit de partir avec un indice à la recherche de cette perle aux mille pouvoirs. Mais aucun d'eux ne parvenaient réellement à recevoir ce prix. Qui étaient les jurys ? Frustrella qui régnait sur ce monde.

Je me rendais compte alors que nous survolions ce monde tranquillement en étant invisibles. Il était certain qu'en temps compliqué, cela serait plus qu'utile.

Au bout d'un temps, Coccinella prit la parole : « Comment vas-tu ? »

Stacy : Je vais bien, c'est très agréable de voler ! Je n'aurais jamais cru !

Coccinella sourit et répondit : « Tant mieux, tu m'en vois ravie. Nous allons bientôt arrivées, accroche-toi, j'amorce la descente ! »

Je me tenais alors contre elle et sans m'en apercevoir, me trouvait déjà sur la terre ferme. Elle me dit : « Tu peux descendre que je te présente aux autres ! »

J'hochais la tête et une fois descendue, je la suivais. Nous rentrâmes dans une petite maison en métal de haut en bas. Un toit en pente et aucune fenêtre. Cela semblait petit mais une fois à l'intérieur, je fus surprise de constater que ce n'était qu'un effet d'illusion. C'était vraiment immense et propre, décoré avec goût.

Il y avait sur deux pans de mur, des photos de personnes comme elle qui semblaient d'une autre époque.

Elle ne se posa pas davantage de question. Elles rentrèrent dans un petit salon fermé à l'aide d'un code à six chiffres et elles se retrouvèrent enfin face à leurs camarades !

5

Coccinella fit les présentations : « Salut les amis ! Je vous présente Stacy. »

Je pris la parole aussitôt : « Bonjour à vous, je suis ravie de vous rencontrer ! »

Libellula : Salut ! Comment s'est passé ton arrivée fracassante dans le château de Frustrella ? Pas trop dur ?

Stacy : Ne sachant pas du tout ce qu'il m'arrivait, je dirais que c'était difficile et incompréhensible.

Scarabéo : Enchanté ! T'a-t-elle dévoilée ses plans ?

Stacy : Oui, elle m'a dit qu'elle voulait contrôler la terre pour apporter le chaos dans les mondes et surtout mon monde.

Coccinella : Oui, enfin pour ça, il faudrait déjà qu'elle obtienne l'accord de Mandibulax ! Et je doute que ce soit possible étant donné que ce n'est pas dans ses plans…

Stacy : Qui est-ce ?

Nao et Coccinella, *parlaient l'un après l'autre* : « Salut Stacy, Mandibulax est sa sœur Doucella, qu'elle a transformé par l'intermédiaire d'un maléfice en bouche géante, ne pensant qu'à une seule chose : manger ! Seulement voilà, Frustrella pensait se débarrasser de sa sœur gentille, douce et belle mais ce qu'elle ne savait pas, c'est que l'une règnerait sur l'autre par sa taille et sa capacité à agir et à réagir, à utiliser la magie. Frustrella a voulu faire disparaître Doucella et en la transformant, cette dernière est devenue plus grande et plus importante, résultat : leurs parents fantômes se sont empressés d'aller la voir et de la faire s'incliner devant les désirs ardents de sa sœur qui s'appelle maintenant Mandibulax à cause de sa forme. Et Doucella alias Mandibulax ne pense qu'à une seconde chose, se venger de sa sœur. Pour cela, nous avons une alliée de taille. Elle nous aide et aidera encore à déjouer une partie des plans de sa sœur, pour enfin retrouver sa forme initiale et punir sévèrement cette horrible fausse sorcière. Il faut aussi que tu saches qu'il y a fort longtemps Frustrella avait déjà transformé leur cousin éloigné, en crapaud géant. C'est justement avec moi et mon amie Sarah dont j'ai déjà parlé et une ancienne amie commune qui s'appelait Billettine qui avait la forme d'une goutte d'eau et qui normalement est restée avec Sarah, qu'Alyte, le crapaud a forcé Frustrella a avoué la vérité sur elles deux, elle n'était pas une véritable sorcière, elle puisait sa magie dans celle de sa sœur Doucella. Alyte était censé l'avoir mangé mais je suppose qu'elle avait récité des sortilèges pour demeurer toujours vivante et réapparaître un moment donné. Alyte s'appelait avant sa transformation Grouillot. »

Stacy allait de surprises en surprises. Elle demeurait silencieuse pendant un moment. Elle s'assit sur la chaise proche d'elle et ils firent de même.

Nao poursuivit : « Tout va bien ? »

Stacy : Oui, oui, c'est juste que je n'aurai jamais imaginé que tout cela puisse exister !

Nao : Tu t'y habitueras, tu peux me croire. La vie sur terre est tellement insipide comparé à ce que je vis ici. Les rencontres que j'y fais !

Stacy : Depuis quand y vis-tu ?

Nao : Cela fait une dizaine d'années, je crois bien.

Stacy : Tu n'en es pas sûr ?

Nao : J'ai perdu un peu la notion du temps, cela dit qu'importe depuis quand. Ici, j'ai des amis, je mange bien, je suis en pleine santé et je suis investi d'une mission de la plus haute importance !

Stacy : La terre ne te manque pas ?

Nao : Pas le moins du monde.

Stacy n'en revenait pas de ses dires, elle le regardait un peu comme une curiosité. Il s'en rendit compte et ajouta : « Tu finiras par te sentir comme moi, tu verras. »

Stacy ne répondit rien. Coccinella lui servit un repas consistant et chaud et ils s'installèrent tous autour de la table, pour se présenter davantage et raconter leur histoire à celle-ci pour mieux communiquer et obtenir un travail d'équipe par la suite.

6

Une fois terminé de manger, ils débarrassèrent les assiettes et se posèrent face à Stacy.

Nao prit la parole le premier : « Comme tu le sais, je m'appelle Nao, j'ai 27 ans, je suis originaire de la terre, je suis issu d'une famille bourgeoise, je n'ai jamais eu de soucis particuliers mais je m'ennuyais dans ma vie. J'ai pourtant touché à plusieurs activités mais mes parents ne s'intéressaient à rien d'autres qu'à leur mondanité et je passais à l'as avec ma sœur de deux ans mon aînée. Alors que je me baladais dans les rues avec mes amis du même milieu que moi et que l'on discutait des filles sur les réseaux sociaux, je fus aspirer comme toi par ce portail que j'étais le seul à avoir vu et qui n'était sorti que pour moi. Au début, je voulais revenir chez moi puis petit à petit, j'ai pu constater que ces mondes étaient meilleurs pour moi et que j'avais là, une issue de secours, que je pourrais explorer les mondes autrement et être enfin libre ! Je n'ai, à ce moment-là, plus jamais chercher à retourner sur terre. Je me suis fait de nombreux amis et les peuples sont tellement aimables, agréables, différents que je ne m'ennuie jamais. Evidemment, avant tout cela, je n'aurais pas cru que cela existait et comme quoi les gens évoluent et changent, aujourd'hui, je ne m'imaginerai plus sur terre ou ailleurs. Je cède ma place à quelqu'un d'autre. »

Stacy : D'accord mais avant, dis-moi, tu n'as pas eu de peine pour ta famille ? Ils ont dû te rechercher ardemment ?

Nao : Pas vraiment, ils étaient plus concentrés sur eux-mêmes et leurs démarches de bourgeois. Le m'a tu vu était plus important que notre bien-être. Ils étaient le parfait cliché de ce type de personne. Je ne le comprenais pas mais je n'avais pas mon mot à dire. Aujourd'hui, je ne suis plus un « petit bourgeois » comme on m'appelait avant, fils à papa et à maman, je ne roule plus sur l'or, je me distingue autrement, je suis moi-même, ici j'ai pu réellement me trouver et c'est ce que je te souhaite également.

Il lui fit un clin d'œil. Stacy ne dit rien, elle se demandait simplement pourquoi il lui avait dit cela.

Coccinella prit la parole à son tour : « Bon, merci Nao pour ta présentation, à moi, ce sera rapide, je viens d'une tribu se nommant Coccinéus, je me suis liée d'amitié avec une autre terrienne comme toi et Nao, mais nous nous sommes perdues de vue à cause de Frustrella, justement. Elle nous a séparait et nous n'avons plus jamais pu nous retrouver, elle me manque beaucoup, j'espère qu'un jour je pourrais la revoir et lui dire combien elle m'a manqué !

J'ai quitté ma tribu et j'ai poursuivi ma route jusqu'à ce que je tombe dans l'un de ces mondes et que je rencontre Libellula et Scarabéo, tous deux m'ont pris sous leurs ailes et nous sommes devenus inséparables ! Puis, nous avons fait la connaissance de Nao qui cherchait à rompre un sort que Frustrella lui avait jeté. Tu n'es pas la seule à qui elle a fait cela ! »

Stacy écarquillait ses yeux, elle n'en revenait pas de tout ce qu'elle découvrait.

Scarabéo ajouta : « Nous sommes des habitants du monde Foisonéum. Chez nous, tout est contrôlé par Frustrella. Tu dois te demander comment elle fait puisque l'on t'a expliqué que sans l'accord de Mandibulax, elle ne pouvait pas faire tout ce qu'elle voulait. Elle le peut parce que c'était avant qu'elle ne jette ce maléfice sur sa sœur, c'était donc avant que sa sœur règne sur elle et prenne les décisions les plus importantes. Avant que Doucella ne soit métamorphosée en bouche géante, elle venait souvent chez nous et passait du temps en notre compagnie. Elle nous manque beaucoup. Libellula et moi-même nous battons contre Frustrella dans le but de rétablir la paix dans les mondes, y compris la terre mais aussi pour retrouver Doucella comme elle était. Elle faisait toujours le bien autour d'elle et nous aimait, prenait soin de nous tous. »

Libellula acquiesçait à tout ce qu'il racontait et versa même quelques larmes, qui touchèrent profondément Stacy.

Celle-ci se leva de sa place et caressa les ailes de cette dernière. Elle fut surprise de constater que ses mains était pleine de poudre collante et Nao lui dit : « Porte à ta bouche cette poudre. N'aie pas peur ! »

Stacy, encouragée par les trois autres, mit ses doigts en bouche et sourit immédiatement. La poudre était très sucrée et lui permit de voler instantanément.

Elle eut un moment de peur au départ puis se reprit et apprivoisa cet état, ses sensations et profita comme il se doit. Ses nouveaux amis éclatèrent de rire et firent de même, la retrouvant au plafond de la pièce dans laquelle ils étaient.

Une fois, redescendue, elle dit : « Je suis vraiment contente de vous connaître, mais puis-je vous poser une question ? Pourquoi moi ? Pourquoi m'avoir choisi moi ? »

Nao : Tout simplement, parce que tu ne te plaisais pas dans ta vie actuelle, tu n'étais pas épanouie.

Stacy : Mais dans ce cas, je ne suis pas la seule. La majorité est comme moi.

Nao : Tu as quelque chose que les autres n'ont pas.

Stacy : Quoi donc ?

Nao : Tu le découvriras au moment voulu.

Il lui sourit. Il avait un beau sourire avec des fossettes qui apparaissaient. Il avait les cheveux noirs et des yeux verts-bleus. Il était très charismatique. Il était assez grand de taille et musclé juste comme il faut. Il portait un pantalon marron foncé et un polo gris, des baskets montantes noires et blanches.

Coccinella, quant à elle était une très belle jeune coccinelle, elle avait, depuis qu'elle vivait auprès de ses amis, la faculté de changer les couleurs de ses points, habituellement ils étaient noirs mais elle pouvait les modifier en fonction du contexte et du danger. Elle avait la faculté de se camoufler en ce qu'elle voulait. Elle usait souvent de ce pouvoir-là qui lui était très utile.

Scarabéo prenait la taille qu'il voulait, il était d'un joli vert avec reflet ocre, jaune, orange, rouille sur les ailes repliées, le dos, un peu les pattes et le dessus de la tête. Il avait la faculté de cracher des éclairs, ce qui lui permettait d'attaquer l'ennemi. Des éclairs comme ceux du tonnerre lors d'un orage. D'où lui était apparu cette faculté ? De Mandibulax, celle-ci lui avait permis de se défendre en lui attribuant ce don. Ainsi, toutes celles et tous ceux qui étaient touché par ces éclairs, grillaient sur place.

Et enfin, Libellula n'avait aucune défense de ce genre, elle était la plus colorée et grâce à ses couleurs, elle parvenait à neutraliser l'ennemi, l'affaiblir. Sans compter sa poudre collante qui permettait de voler sans difficulté.

Elle avait un corps fin et des ailes majestueuses transparentes avec des reflets roses, bleus, mauves, violets. Elle était très élégante, sa queue était noire et rouille par endroit.

Nao, quant à lui maitrisait l'art du langage et s'exprimait parfaitement bien, il parvenait à dérouter plus d'un ennemi, il était également capable de disparaitre et de se transformer en animal comme Stacy. Ses formes animales étaient le loup, le renard, l'aigle et l'ours.

Ils formaient à eux cinq, l'Alliance fantastique et ils se trouvaient dans leur QG, leur point de ralliement, leur cachette, leur nid douillet.

Pour fêter leur rencontre, ils se prirent en photo ensemble, Stacy au milieu d'eux tous et ils accrochèrent l'image au centre de la pièce privée.

Puis, Nao prit la parole et dit : « Maintenant, que tu nous connais mieux, nous allons pouvoir rentrer dans le vif du sujet ! »

7

Stacy prit la parole la première avant que quiconque ne le fasse : « Qu'avez-vous fait déjà ? »

Tous sourirent de la voir si impliquée, ils se jetèrent un regard complice et Libellula dit : « Nous avons tout d'abord chercher des alliés autre que Mandibulax. Et nous n'en avons pas trouvés, la plupart nous soutient mais a peur de Frustrella. »

Stacy : C'est fou qu'ils en aient peur alors qu'elle n'est pas une sorcière au départ, c'est comme si moi, je me décrétais magicienne ou sorcière juste pour mon plaisir.

Tout en disant cela, elle se tut et finit par dire : « Mais oui, je sais ! Et si, je me déclarais magicienne ? »

Nao leva un sourcil et dit : « Comment ça ? »

Stacy : Eh bien, je vais jouer le jeu de Frustrella, je vais me déclarer magicienne mais dans le bon camps. Emmenez-moi voir Mandibulax afin qu'elle accepte de me fournir quelques-uns des pouvoirs qu'elle avait avant d'être transformée, ensuite nous retournerons auprès de ceux que vous étiez allé voir et je suis certaine qu'ils accepteront de nous rejoindre !

Nao regardait à tour de rôle ses amis et finit par dire : « Tu penses vraiment que cela marchera ? »

Stacy : Oui, tout à fait !

Nao : Dans ce cas, nous te laisserons faire et te mènerons voir Mandibulax. C'est parti !

Ils se levèrent et quittèrent la pièce secrète dans laquelle ils étaient tous et Stacy eut tout le loisir de mieux apprécier le reste de la maison dans laquelle ils se trouvaient.

C'était vaste, lumineux, ranger et ordonner. La lumière venait du plafond qui se trouvait être une immense baie vitrée, de l'extérieur on ne voyait que du métal mais c'était une illusion. Ainsi, l'ennemi ne s'attarderait pas sur cet endroit. D'ailleurs, en fonction de la personne qui se trouverait devant, il ne verrait pas la même chose. Certains verraient un champignon, d'autres une fusée ou bien une calèche, bref effet d'illusion garantit !

Ils sortirent rapidement et se dirigèrent tout droit et Libellula dit à Stacy, prends de ma poudre collante et manges-en un peu. Nous allons décoller !

Stacy obéit et le temps de se réhabituer, ils étaient tous en l'air à l'attendre, une fois qu'elle donna le signal du départ, ils partirent si rapidement qu'elle peinait à suivre le mouvement. Elle devait dompter cette nouvelle aptitude et contrôler ses émotions, une fois qu'elle y parvint, elle les rattrapa et semblait aussi à l'aise que ses nouveaux amis. Ils arrivèrent devant une immense bouche cherchant encore et toujours de la nourriture.

Nao et Scarabéo s'adressèrent à Mandibulax en ces termes : « Bien le bonjour chère amie ! Comment vas-tu aujourd'hui ? As-tu trouvé ton bonheur ? »

Mandibulax : Non, toujours pas. J'ai encore faim ! Et je fais toujours le même rêve concernant ma sœur !

Scarabéo : En parlant d'elle, sais-tu que notre dernier membre est enfin apparu ?

Mandibulax prêta l'oreille immédiatement et attendit plus d'informations. Scarabéo renchérit : « Oui, elle s'appelle Stacy, nous nous sommes présentés et lui avons expliqués tout ce qu'elle devait savoir. Elle a eu une idée pour obtenir plus d'alliés, tu vas pouvoir l'aider, je vais lui céder la parole. »

Mandibulax semblait de plus en plus intéressée par ses dires, elle dit : « Où est-elle ? Que je la vois ? »

Stacy s'approcha et dit : « Bonjour, je suis navrée de ce que vous a fait subir votre sœur, je suis certaine que nous la vaincrons et que vous retrouverez votre forme initiale. En attendant, j'ai un service à vous demander, je pense et suis sûre même qu'en prenant des pouvoirs d'une gentille magicienne, j'obtiendrai l'attention et le suivi de plusieurs potentiels alliés. Je ne veux pas de magie pour toujours mais juste le temps de cette mission périlleuse. Accepteriez-vous de m'en attribuer afin de faire de l'effet sur d'autres et être plus nombreux ? »

Mandibulax : Si je comprends bien, tu voudrais devenir magicienne le temps de cette mission ?

Stacy hocha la tête.

Mandibulax : La magie ne peut être utilisée à la légère, tu n'es pas née sorcière, tu ne peux donc pas prendre des pouvoirs de magicienne, en revanche, je peux te fournir un objet qui te permettra d'obtenir gain de cause à chaque fois que tu l'utiliseras. Je trouve que tu as du cran et ça me plaît bien.

Elle lui fournit une carte blanche. Et ajouta : « Elle est et demeurera ainsi, jusqu'au moment où tu en auras le plus besoin. Alors elle changera d'apparence et te sortira de difficultés et situations compliquées. Je vous souhaite bon courage ! »

Stacy la remercia et retourna auprès des siens qui saluèrent leur amie la bouche géante. Ils s'arrêtèrent un peu plus loin et Stacy dit : « Bon, je n'ai pas eu tout à fait ce que je demandais, mais ce n'est peut-être pas plus mal. J'ai hâte de pouvoir utiliser cette carte. »

Nao : Puis-je la voir ?

Stacy la lui tendit avec le sourire. Ils se la passèrent tous et l'observèrent un temps. Ils la lui rendirent et ajoutèrent : « Et maintenant ? »

Stacy : C'est à moi que vous demandez ?

Coccinella : Oui, en te donnant un objet, tu es automatiquement devenue notre cheffe à tous. C'est donc à toi de définir nos futurs actions.

Stacy n'en revenait pas, elle n'avait pas souhaité cela mais il semblait que ce soit ainsi. Elle demeura un temps silencieuse et finit par dire : « Je n'ai pas souhaité cela, je viens juste d'arriver en plus ! »

Nao : Cela ne nous ennuie pas du tout, nous savions avant même que tu n'atterrisses ici, que tu aurais un rang particulier et cela nous ravit de constater que nous ne nous sommes pas trompés. Alors ne soit pas étonnée, mal à l'aise ou que sais-je encore, tout va bien. Nous ferons ce que tu décideras.

Stacy était bouche bée, elle n'en revenait pas. Elle finit par dire : « Bon, dans ce cas, allons visiter ceux qui pourraient devenir nos alliés. »

Puis, elle se tût un temps et changea d'avis, elle dit : « Non, avant tout, je voudrais voir un portail s'il-vous-plaît, en arrivant il y avait des formes géométriques qui clamaient mon prénom, je voudrais les voir ! »

Coccinella : C'est comme si c'était fait. Allons-y ! Il y a un portail non loin d'ici.

Stacy : Très bien, allons-y !

8

Ils se dirigèrent vers l'un de ces portails et Stacy s'en approcha tellement qu'elle fut aspirée rapidement à l'intérieur, elle retrouva les formes géométriques et leur dit : « Me reconnaissez-vous ? »

L'une d'entre elles répondit : « Oui, tu es Stacy. »

Stacy : D'où me connaissez-vous ?

La forme qui répondait était un cercle qui se nommait Ové. Il lui dit : « Tu es celle qui peut et qui doit. »

Stacy n'était pas sûre de bien comprendre, elle ajouta : « Comment ça je suis celle qui peut et qui doit ? Je ne comprends pas. »

Ové : C'est simple, tu es celle qui peut débloquer toutes les situations, c'est toi qui a ce pouvoir-là, pourquoi crois-tu que tes nouveaux amis n'ont rien fait encore ? Pourquoi crois-tu qu'ils t'attendaient tout ce temps ? Pourquoi crois-tu également que ce n'est que maintenant que vous allez pouvoir agir alors que cela fait un sacré bout de temps qu'il y a des problèmes avec les réseaux sociaux ?

Stacy allait de surprises en surprises, elle répondit : « Mais d'ailleurs, je me demande pourquoi les réseaux sociaux sont attaqués autant ? Quel est le problème avec cela ? »

Ové : C'est simple, les réseaux sociaux sont selon Frustrella et ceux qui la suivent, destructeur du monde réel.

Stacy : Ce n'est pas logique ce que tu dis. Tu sais pourquoi ? Parce que Frustrella est contre tout ce qui ne va pas dans son sens, elle veut semer le chaos dans les mondes, y compris la terre qu'elle ne contrôle pas à cent pour cent. Enfin, elle contrôle quand même une bonne quantité de choses, parce qu'avoir la main mise sur ces réseaux impliquent la grande majorité de la population mondiale.

Un carré prit la parole, il s'appelait Quadri, il dit : « C'est vrai mais Frustrella n'est pas la seule à être méchante, il y a quelqu'un d'autre au-dessus d'elle qui prends toutes les décisions. À toi de trouver de qui il s'agit ! »

Stacy : Frustrella obéit à un supérieur ? Mais qui ? Et pourquoi ?

Quadri : Tu trouveras les réponses rapidement, j'en suis sûr. Nous en sommes tous sûrs.

Stacy : Et pourquoi restez-vous tous ici ?

Un losange se nommant Rhombe dit : « Nous devions rester là en t'attendant maintenant que tu es là, nous allons pouvoir te suivre. »

Stacy : Oui, avec plaisir.

Rhombe : Nous avons des pouvoirs magiques en fonction de nos formes respectives.

Stacy : C'est bon à savoir. Retournons près des miens que je leur raconte tout ce que je viens d'apprendre.

Rhombe : En revanche, je dois te prévenir que tu es la seule avec qui nous pourrons discuter.

Stacy : Pourquoi ?

Rhombe, Ové et Quadri : « Parce que c'est avec et à travers toi que tout doit se passer ! »

Stacy n'en revenait pas, elle les incita à la rejoindre et ils la suivirent rapidement. Ils se retrouvèrent dehors où les attendaient Coccinella, Libellula, Scarabéo et Nao.

Une fois, à leurs côtés, elle leur raconta tout ce qui s'était dit, ils sourirent et ajoutèrent : « Nous savions qu'avec toi, les éléments prendraient une autre tournure. Nous sommes ravis de t'accompagner et faire partie de l'aventure ! »

Stacy : C'est moi qui fait partie de votre aventure, à vrai dire, c'était juste de me dire que j'avais besoin de vivre, de revivre je dirai plutôt. Ici, sans aucun doute, j'ai de l'inspiration.

Nao : Nous en étions sûrs. Quel est le programme maintenant ?

Stacy se tourna vers les formes géométriques qui se renommaient toutes ensembles, Géométrika. Elle réfléchit deux minutes et ajouta : « Savez-vous où pourrait se trouver Grouillot ? »

Géométrika fit non de la tête. Elle dit alors : « Moi, je pense qu'il devrait se trouver au château de Frustrella, dans l'une des pièces dans laquelle moi-même j'avais été enfermer. Allons-y ! »

Nao lui prit la main et lui dit : « Dans ce cas, je viens avec toi, nous le retrouverons et le ramènerons aussi vite que possible auprès des nôtres, d'accord ? »

Stacy hocha la tête. Ils saluèrent rapidement les leurs et prirent la direction en question.

9

Géométrika n'était visible que de Stacy et la suivaient où qu'elle aille. Ainsi, ils se trouvaient autour d'elle, accrochés à ses vêtements. Ils étaient une petite dizaine, ils avaient plusieurs tailles. Du plus petit au plus gros et inversement. Ils seraient des alliés de taille pour protéger Stacy et l'aider dans sa mission.

Nao et elle se trouvaient, à présent, proches des pièces souterraines du château de Frustrella. Ils se dirigèrent rapidement vers des portes scellées et tentèrent de les ouvrir. Ils n'y parvinrent pas. Mais Stacy avait la sensation qu'il y avait bien quelqu'un d'enfermer dans l'une d'entre elle.

Elle dit à Nao : « Ne sens-tu pas qu'il y a quelque chose d'étrange derrière cette porte ? »

Nao : Pas plus que pour les autres, pourquoi que ressens-tu ?

Stacy : Je ne sais pas, c'est une sensation étrange. Je suis certaine qu'il y a quelque chose, peut-être pas ce que l'on cherche... Il faut que j'en ai le cœur net.

Nao : Comment comptes-tu t'y prendre ?

Stacy réfléchit un instant et se transforma en pivert, l'une des formes dont Coccinella lui avait parlé au tout début. Avec son bec, elle piqua le pourtour de la serrure. Comment était-ce possible ? Elle avait un bec en acier. Elle avait presque déjà ouvert la porte, elle voletait pour rester sur place, elle se sentait vraiment oiseau, c'était incroyable de pouvoir se métamorphoser de cette façon. Une fois la porte ouverte, elle redevint femme et l'ouvrit.

Nao et Géométrika la félicitèrent. Puis, ils rentrèrent avec elle dans cette pièce, tout doucement, pour ne pas se faire remarquer. Avec sa carte blanche donnée un peu plus tôt par Mandibulax, elle put éclairer la pièce et y voir plus clair.

Personne ne voyait rien et allait repartir lorsqu'un bruit se fit entendre. Ils se retournèrent et Nao prit les devants, s'exclama : « Y-a-t-il quelqu'un ? »

Un autre bruit sourd se fit entendre, sans doute pour indiquer le chemin à suivre. Stacy dit alors à Nao : « Viens, suis-moi ! Je crois savoir où nous devons nous rendre ! »

Nao acquiesça et la suivit avec plaisir, ils empruntèrent un passage secret via une trappe se trouvant bien cachée sous un épais nuage de poussière dense et noire, ils marchèrent quelques temps et se retrouvèrent aspirer par un immense portail noir et envoûté.

Ils se tinrent les mains et tourbillonnaient dans un sens puis dans l'autre, hurlant à tue-tête.

Ils finirent par tomber sur les fesses dans un monde qu'ils ne soupçonnaient pas… Tout était gris et triste, où avaient-ils atterri ? Stacy avait bien son idée et la donna à Nao et à Géométrika qui hochait la tête. Ils en étaient tous sûrs, à présent, ils étaient dans le Royaume Acmé, là où se trouvait le supérieur de Frustrella.

10

Plus, ils s'approchaient, plus Nao se sentait mal à l'aise. Il dit à Stacy : « Comment te sens-tu toi ? »

Stacy : Ça va bien et toi ?

Nao : Pas vraiment, je ne sais pas pourquoi.

Stacy : Tout ira bien, je suis là. Et puis, nous avons la carte blanche avec nous si besoin. Si tu te sens vraiment mal, tu peux rester près du portail et m'attendre, je ferai aussi vite que possible !

Nao déclina son offre et poursuivis sa route avec elle. Celle-ci était tranquille. Elle ne se sentait pas du tout anxieuse, elle se surprenait elle-même.

Ils arrivèrent face à un immense champs de squelettes entassés les uns sur les autres. Ils venaient d'être jetés, ils étaient tout frais. Géométrika s'agrippa à Stacy et tremblait de la tête aux pieds. Elle les rassura et ils se calmèrent peu à peu.

Nao décida de se transformer en loup pour affronter sa crainte, son appréhension. Il se sentait, à présent un peu mieux. Ils marchaient tous deux côte à côte et se retrouvèrent face à une horde de scorpinos, tatous géants et affamés ainsi que de serpents mangeurs de têtes.

Les tatous étaient appelés Priodontes et les serpents étaient les Guivres. Ainsi, ces derniers se trouvaient face à nos amis. Le loup grognait, les formes géométriques reprirent leur courage et utilisèrent leurs pouvoirs pour faire reculer l'ennemi et Stacy les provoquaient, elle avait un plan.

Elle leur dit : « Alors quoi bande de mauviettes ? Vous avez peur face à nous ? Vous n'êtes pas capable de nous attaquer !? »

Et pleins d'autres choses comme ça… Nao la regarda et dit : « Mais pourquoi ? À quoi cela t'avance-t-il ? Tu veux vraiment qu'ils nous attaquent ? »

Stacy : Oui, je sais ce que je fais…fais-moi confiance !

Nao semblait douter de ses propos. Ils étaient, à présent, encerclés. Stacy sortit sa carte blanche et la plaça discrètement devant elle dans son poing fermé. Ils étaient presque collés à elle lorsqu'ils furent aspirer par la carte, en un clin d'œil.

Nao resta bouche bée et Stacy lui dit : « La prochaine fois ne doute pas de moi… Cela m'a peiné… »

Nao ne sut quoi répondre, il finit par dire : « Je ne me suis jamais retrouvé dans une situation identique et d'habitude je suis avec Coccinella, Libellula et Scarabéo. »

Stacy poursuivit sa route, silencieuse et ne se retourna pas pour voir s'il suivait. Il préféra la laisser quitter et avancer seule et se dirigea vers le grand portail afin de trouver une solution pour retrouver ses autres amis.

Stacy le sentit partir et poursuivit sa route, le trouvant particulièrement faiblard. Elle ne comprenait pas pourquoi il avait réagi ainsi et se demander même s'il avait été honnête avec elle depuis le début. Si ça se trouve, il n'était pas celui qu'elle pensait et que les trois autres imaginaient. Elle devait mettre cela au clair rapidement avant qu'il n'y ait plus de dégât.

11

Nao se trouvait à l'intérieur du portail et le remontait, il claqua des doigts et disparût sans laisser de traces.

Il se retrouva instantanément dans son immense Royaume et ferma toutes les issues. Il vérifia ensuite où se trouvait Stacy et la fit surveiller par des espions vêtus de noir et semi-invisibles. Ces derniers ressemblaient à des morts vivants et se déplaçaient en traînant la patte. Ils avaient pour ordre de la traquer et surveiller ses moindres faits et gestes et tout rapporter ensuite à leur Maître.

Nao n'était donc pas celui que Coccinella, Scarabéo et Libellula croyaient. D'ailleurs ces derniers n'en revenaient toujours pas des faits précédents. Comment ils s'étaient retrouvé mis à l'écart alors qu'ils pensaient réellement agir tous ensembles, ils n'avaient pas compris ce dernier.

Stacy pensait également à ceux-ci et sortit sa carte blanche qui lui parla et contre toute attente, elle entendit : « Que veux-tu là à l'instant ? »

Stacy : Mais tu parles aussi ?

La carte blanche s'appelait Opaline. Elle répondit : « Je me nomme Opaline, je suis là pour t'aider et te guider. »

Stacy : Je ne savais pas que tu parlais et était vivante !

Opaline : Je le suis, nous sommes dans des mondes parallèles à la terre, tout est possible !

Stacy hocha la tête, Opaline ajouta : « Veux-tu retrouver vos autres amis ? »

Stacy : Oui mais si je les mets en garde contre Nao, je ne sais pas s'ils me croiront…

Opaline : Ils te croiront car tu es la seule à pouvoir contrer le grand méchant Souverain du Royaume Acmé.

Stacy : Mais qu'ai-je de plus que les autres ?

Opaline : Tu as une chose rare que tout le monde n'a pas. D'une, tu es entière et de deux, tu n'es pas corruptible et de nos jours c'est très rare, même par chez nous…

Stacy ne dit rien. Elle comprenait que ses deux qualités lui seraient profitables pour la suite des évènements. Elle la remercia et Opaline lui dit : « Je pourrais te les faire venir mais avant, sois sûre de toi concernant Nao. »

Stacy acquiesça et elles poursuivirent leur route. Les veilleurs, de leurs véritables noms, les espions du Souverain, les suivaient à bonne distance. Stacy se retourna d'un coup et observa les alentours, elle souffla un mot à Opaline qui lui dit : « Tu as de bons pressentiments, nous sommes suivies par les veilleurs, des espions de l'ennemi numéro un. »

Stacy soupira et lui demanda s'il était possible de les semer ce à quoi rétorqua Opaline que oui c'était tout à fait envisageable et que même c'était dans son idée…En deux temps trois mouvements, elles devinrent invisibles et purent à loisir se rapprocher de ces veilleurs pour les entendre. L'un disait : « Mais où est-elle passée ? »

L'autre ajoutait : « Le maître va nous briser s'il se rend compte qu'on l'a perdu »

Et plusieurs autres choses du même style. Stacy et Opaline décidèrent de les laisser et de poursuivre leur route, elles passèrent sans aucune difficulté les immenses barrières d'épines et se retrouvèrent de l'autre côté, en face d'elles se trouvaient une immense entrée bardée de têtes de mort encore ensanglantées. Stacy n'eut aucune réaction et poursuivit son chemin sans même sourciller. Elles passèrent devant plusieurs futurs exécutés et rentrèrent ni vu ni connu devant des gardes aux immenses pics ayant l'air menaçant. Elles s'empressèrent de rentrer dans l'enceinte du Royaume et foncèrent droit devant elles. Plus elles s'avançaient plus elles sentaient une très lourde pression dans le bas du dos. Elles ne comprenaient pas pourquoi Stacy ressentait cela. Celle-ci poursuivit pourtant son chemin ne s'écoutant pas trop. Elles se retrouvèrent face à une multitude d'escaliers et Opaline lui confirma qu'il fallait prendre celui de droite puis celui d'en face ensuite, en effet, les escaliers montaient par étage et ensuite, il y en avait d'autres à choisir qui ne menaient pas au même endroit. Stacy et Opaline ressentaient toutes deux qu'il fallait qu'elles se rendent jusqu'en haut pour trouver l'initiateur de tous ces problèmes sur terre, sur les réseaux sociaux etc.

Elles avançaient bien et arrivaient bientôt jusqu'en haut, elles se retrouvèrent face à …

12

Face à un immense chat noir aux yeux orange et rouges, des dents extérieures à sa gueule extrêmement tranchantes et cinq pattes au lieu de quatre. Une queue en forme de pics à brocher. Bref, une vision d'horreur qu'aucune des deux n'auraient imaginé voir un jour.

Elles le dépassèrent et il les flaira. Il se mit à leur poursuite en reniflant partout et alors qu'elles étaient sur le point de monter sur un nouvel escalier qui les mèneraient enfin tout en haut du royaume, le chat leur tomba dessus sans crier gare.

Alors que ce dernier allait n'en faire qu'une bouchée, il entendit un grand cri strident le coupant dans son élan. C'était le souverain qui descendait pour les « sauver » du moins en apparence !

Le chat semblait écœuré et fut obligé de lâcher sa proie. Il reçut un gros coup de pied et partit dans un coin de la pièce en gémissant. Le Souverain approchait. Ni Stacy ni Opaline ne reconnurent ce dernier. En effet, il avait changé d'apparence, celle-ci était beaucoup plus ridée et vieillie. Il marchait comme un vieillard et avait les cheveux blancs, un sourire édenté et une odeur nauséabonde se dégageait de lui. Une odeur qui aurait pu faire réveiller des morts !

Il souleva Stacy et l'emmena dans ses quartiers. Là, il la déposa sur un sofa. Il semblait très tranquille. Il était clair qu'il s'attendait à sa visite. Il la laissa un moment et se cacha derrière une porte ayant un œil de bœuf, afin d'espionner cette dernière. Quelques minutes plus tard, Nao rejoignit Stacy et lui dit : « Pourquoi es-tu venu tout gâcher ? »

Stacy : De quoi parles-tu ?

Nao : Je ne peux pas te révéler tout ce que tu voudrais savoir. Je suis prisonnier et je ne peux plus reculer ni faire machine arrière…

Stacy : Prisonnier du Souverain ?

Nao : Oui et non.

Stacy : Comment veux-tu que je comprenne quoi que ce soit si tu parles à demi-mot ?

Nao se transforma aussitôt et redevint une partie du vieillard. Elle étouffa un cri et lui dit : « mais c'est toi le souverain, le supérieur de Frustrella ? »

Il hocha la tête.

Stacy : J'ai bien senti que tu n'étais pas normal. J'aurais dû me douter…

Elle soupira et ajouta : « Pourquoi m'avoir dit tout ça ? Que tu avais une confiance en ma capacité à gérer plusieurs pans au niveau de cette mission etc. ? »

Nao : C'était vrai mais pour moi tu servais et sers d'autres intérêts. Pour dire vrai, j'ai subi une malédiction qui me transforme régulièrement en ce vieillard croulant, je n'étais ni comme tu m'as connu auprès des trois autres, ni comme ça. J'avais un physique normal et je passais inaperçu. Je passais tout mon temps sur les réseaux sociaux et un jour j'ai reçu une avalanche de critiques et des messages de haine si fortement que j'ai eu beaucoup de mal à m'en remettre. J'ai voulu mettre fin à ma vie et quand j'ai orchestré mon départ, j'ai découvert que les initiateurs de mon cauchemar étaient mes parents… nous

nous sommes disputés et là j'ai découvert qu'ils travaillaient pour le compte d'un dénommé Togue, Souverain-Roi de ce royaume. Ils m'ont emmené ici pour rencontrer ce dernier en me promettant que je serai libre d'être ce que je voudrais physiquement si j'acceptai de fermer les yeux sur leur implication dans des situations épouvantables… mais en arrivant, j'ai refusé de coopérer, alors il m'a jeté cette malédiction et je l'ai immédiatement remplacer.

Stacy : Je suis navrée pour toi. Vraiment.

Nao : Accepterai-tu de devenir mon avenir ?

Stacy : Hein ? Comment ça ?

Le temps cessa de continuer tant que sa réponse demeurait interrogative ou négative. Elle fut jetée dans les cachots et y retrouva…Sarah, Billettine et Grouillot, en très mauvais état.

13

Une fois que la porte fut totalement refermée, Stacy s'approcha des trois amis dont Coccinella lui avait parlé la première fois.

Elle fut choquée de constater que Sarah était identique à elle. Comment cela était-il possible ? Et pourquoi aucun membre de sa famille ne lui avait jamais rien dit sur l'existence d'une sœur jumelle ? Comment avait-elle vécu toutes ces années dans l'ignorance la plus totale ? Et comment réagirait-elle en l'apercevant ?

Elle sortit Opaline de sa poche ainsi que Géométrika et leur dit : « Respirez et dites-moi ce que je dois faire ? Là, avec cette rencontre, je sens que je perds tous mes moyens ! »

Elle se laissa tomber le long du mur glacial et se mit à trembler.

Géométrika s'approcha des trois amis et put constater qu'ils étaient toujours vivants. Alors Opaline leur fournit de l'eau et rien qu'en les touchant, ils se réveillèrent. Stacy entendit une voix, elle releva la tête et constata que sa sœur jumelle avait exactement la même voix qu'elle.

Cette dernière venait également de se rendre compte de sa présence et n'en revenait pas. Billetinne s'approcha de Stacy et lui dit : « Tu nous a sauvé ! Je te servirai et te suivrait dorénavant ! »

Grouillot vint à son tour et ajouta : « Comment es-tu arrivée jusqu'ici ? Es-tu là sœur de Sarah ? »

Stacy hocha la tête et se mit à raconter tout ce qu'il lui était arrivée depuis le début.

Sarah s'approcha d'elle et lui toucha le visage, elles se mirent à trembler et ... se prirent dans les bras. Elles sentirent une connexion très forte passait et soupirèrent de soulagement.

Opaline dit : « Attention ! Il revient ! »

Tous se remirent dans la même position et firent semblant d'être à l'agonie. Stacy releva la tête et attendit. Elle entendait un souffle derrière la porte et une lumière transportait un message par en-dessous. Elle attrapa la feuille et lut : « As-tu réfléchi ? Acceptes-tu d'être mon avenir ? »

Elle haussa les épaules et fit non de la tête. Le message retourna à son envoyeur qui cogna sur la porte et qui repartit.

Opaline attendit qu'il soit loin avant de prévenir tout le monde que le danger était écarté. Elle leur dit simplement, au moment voulu : « Nous devons trouver un plan pour nous échapper d'ici. »

Stacy ajouta : « A-t-il la perle aux milles pouvoirs ? »

Opaline : Je ne sais pas mais je n'ai pas l'impression.

Stacy, s'adressant à Billetinne, Grouillot et Sarah : « Que vous est-il arrivés ? »

Grouillot : Après avoir fait la rencontre de Sarah et Billetinne et qu'elles aient sauvé un petit renne, je les ai suivis jusqu'à Frustrella. J'ai dénoncé tous ses agissements crapuleux et je l'ai englouti en un rien de temps. À ce moment-là, j'avais encore la forme d'un crapaud géant. J'ai retrouvé ma forme normale à l'instant où je pensais que Frustrella n'était plus.

J'aurai dû me douter qu'elle aurait fait de la magie retardante. Ses effets débutent après coups. Nous avons eu après quelques rencontres supplémentaires, toute une série de catastrophes et nous avons été séparés. Je ne sais pas ce qu'est devenue ma cousine Doucella ni Coccinella.

Stacy : Frustrella existe toujours, je l'ai rencontré. Elle a transformé sa sœur en bouche géante qui passe son temps à vouloir manger. Elle s'appelle à présent, Mandibulax.

De plus, Frustrella dirige les mondes et une partie des portails avec lesquels je suis arrivée dans ces mondes parallèles. Elle a installé le chaos partout sur terre, notamment les réseaux sociaux où il y a beaucoup de haineux et autres fauteurs de trouble.

Sarah : Cela ne s'est donc pas arranger depuis mon départ ?

Stacy fit non de la tête.

Grouillot : Sais-tu où nous sommes exactement ?

Stacy : Nous sommes sur un monde où se trouve le Royaume Acmé, le royaume de la mort. Lorsque je suis arrivée par le biais de ce portail qui m'avait aspiré, j'ai rencontré ceux qui m'ont annoncé que je faisais partie de l'Alliance Fantastique, que je devais les aider à rétablir l'équilibre et l'ordre dans les mondes et notamment la terre. Nao était et se faisait passer pour l'un d'entre eux, il était en réalité le Souverain de ce monde où nous nous trouvons et maintenant, il me demande de demeurer toujours auprès de lui. J'ai refusé deux fois. Il ne laissera pas tomber facilement, je le crains.

Sarah : Pourquoi voudrait-il se marier avec toi ? Que pourrais-tu lui apporter de si important ?

Stacy : Nous devons rechercher en priorité, la perle aux milles pouvoirs. Je suis certaine qu'il la cache quelque part et il faut absolument qu'on la récupère. Cela fera peut-être même disparaître son maléfice et revenir le calme dans les mondes.

Grouillot : Dans ce cas, nous devons trouver comment sortir d'ici et ensuite partir à la recherche de cette perle.

Tome 2

1

Sarah et Stacy se prirent par la main et commencèrent à chercher une faille dans les murs de cette pièce sombre et sale. Billettine fit de même ainsi que Grouillot. Opaline et Géométrika unirent leur pouvoir afin de les délivrer le plus tôt possible.

Pendant ce temps-là, Coccinella, Libellula et Scarabéo avaient poursuivi leur quête, ils s'étaient renseigné auprès de Mandibulax sur Nao. Celle-ci leur révéla qu'elle avait accepté ce dernier parce que c'était eux-mêmes qui lui avaient présenté. Elle n'avait jamais entendu parler de lui et ne l'avait jamais vu non plus.

Là, les trois amis restèrent bouche bée. Ils ne parvenaient plus à se rappeler d'où ils l'avaient connu. Ils se demandaient même s'il était bien celui qu'il prétendait. Ils retournèrent dans leur QG et ne retrouvèrent plus rien comme ils l'avaient laissé. Les photos de Nao avaient disparu des murs, seule la dernière avec Stacy s'y trouvait encore.

Ils vérifièrent dans la pièce secrète et purent constater que les affaires de celui-ci avait également disparu. Ainsi, ils en étaient, à présent, sûrs et certains, il avait fait semblant. Mais qui était-il ? Et que voulait-il à Stacy ? D'où venait-il ?

Ils ne leur restaient plus qu'à rechercher Stacy là où elle avait dit qu'elle irait le plus rapidement possible.

Coccinella eut une idée et dit à ses amis : « J'ai une idée ! »

Scarabéo : Quelle est-elle ?

Coccinella : Nous allons aller voir Frustrella et lui demander son aide. Puis, avec ton aide Libellula, nous tenterons d'améliorer son apparence, puisqu'il semble que cela l'ai rendu aigrie.

Libellula : Penses-tu vraiment que ce soit une bonne idée ? Et qu'elle acceptera de coopérer ?

Coccinella : Je pense qu'elle a une telle soif d'apparence qu'elle serait prête à tout pour l'obtenir, ce sera notre condition. Parce que moi, je la connais depuis très longtemps et elle recherchait déjà à paraître belle, au moins autant que sa sœur.

Libellula : Dans ce cas, d'accord, nous te suivons.

Ils allèrent tout de même prévenir Doucella alias Mandibulax de leurs futures actions afin qu'elle agisse en conséquence si besoin était.

Celle-ci les mit en garde et leur donna un peu de gomme à macher qui décuplerait leurs pouvoirs respectifs. Ils la remercièrent et partirent en direction du Palais de Frustrella.

2

Ils arrivèrent rapidement, ils prirent le parti de s'y rendre par la grande porte. Ils inspirèrent un bon coup et pénétrèrent dans l'enceinte du Palais, ils rencontrèrent les Scorpinos qui s'empressèrent de prévenir leur maîtresse.

Cette dernière les devança et leur dit : « Tiens, voilà une partie de l'Alliance Fantastique, êtes-vous devenus fous de venir me rendre visite ? »

Coccinella : Nous sommes venus te proposer un marché, Frustrella !

Frustrella : Aucun marché ne m'intéresse, que racontes-tu là ?

Coccinella : N'as-tu pas envie de devenir belle, toi qui a passé ta vie à le souhaiter plus que tout ?

Frustrella avait fait demi-tour et était en train de repartir mais lorsqu'elle entendit cela, elle revint sur ses pas et tout en s'approchant de ces derniers, dit : « Deviendrai-je aussi belle que ma sœur ? »

Coccinella : Oui, aussi belle. Nous ferons nous-mêmes ce qu'il faut pour cela. Mais il y a une condition.

Frustrella : Quelle est-elle ?

Coccinella : Que tu nous aide à retrouver Stacy et que tu libères Doucella.

Frustrella : Non, je ne libèrerai pas ma sœur, elle cherchera à se venger et avec mon futur magnifique visage, je ne peux me le permettre. En revanche, j'accepte de vous aider à retrouver Stacy. Je sais qu'avec votre autre ami, ils étaient venus ici mais ils n'y sont pas restés très longtemps. Je les ai fait chercher par mes scorpinos mais ils ne les ont pas retrouvés. Ils se sont totalement volatilisés.

Coccinella : Je suis sûre que tu sais où ils ont pu passer, mais tu refuses de nous le dire. Si tu fais semblant de nous aider, tu ne deviendras jamais belle et tu resteras avec cette apparence.

Frustrella poussa un cri strident de rage et tournoya sur elle-même pendant quelques minutes. Elle s'arrêta net et rétorqua : « Débrouillez-vous seuls, vous m'avez presque eu, mais je ne tomberai pas dans votre subterfuge. Plus bas, elle ajouta : « Monseigneur le Souverain me le ferait payer très cher… »

Coccinella et ses amis se regardèrent et comprirent que Frustrella obéissait à un supérieur, peut-être que Stacy s'y trouvait déjà. Ils devaient à tout prix la retrouver, ils laissèrent Frustrella dans ses noires pensées et se dirigèrent vers les sous-sols du Palais, là où Coccinella avait délivré Stacy quelques temps plus tôt.

Ils finirent par trouver une porte entr'ouverte, ils la poussèrent et y découvrirent une trappe, ils l'empruntèrent et là, un immense portail coloré s'ouvrit et les aspira. Ils tournoyèrent pendant un court instant et se retrouvèrent dans un monde riche en couleurs mais où se trouvait tous les esclaves de ce « Monseigneur Souverain » dont avait parlé Frustrella quelques minutes plus tôt.

Ils constatèrent qu'en face d'eux se trouvaient le fameux Royaume dans lequel ce Souverain devait se trouver. Et qu'ils étaient très certainement dans les mondes qu'ils contrôlaient.

Les esclaves étaient de pauvres gens, ayant plusieurs formes, parfois ils ressemblaient à Stacy, parfois ils étaient des insectes comme eux, parfois encore ils étaient animaux, robots et l'on y distinguait des tatous géants portant de gigantesques pics et des serpents mangeurs de têtes, fouettaient ceux qui ne travaillaient pas assez vite et bien.

Ces mondes étaient tous accolés les uns aux autres et plus les parois des mondes étaient colorées, plus la sentence était rude.

Ils comprirent qu'ils leur faudraient libérer tout ce monde et retrouver également Stacy au plus vite.

3

Pendant ce temps-là, Opaline dit quelques mots à Géométrika qui disparût sur le champs. Stacy et Sarah ne s'en rendirent pas compte, elles continuaient leur recherche et trouvèrent un passage secret bien caché dans l'une des pierres entre un pan de mur et le sol.

Elles prévinrent les leurs qui s'approchèrent rapidement et qui allaient emprunter le passage, lorsqu'ils entendirent du bruit. Le souverain revenait à la charge auprès de Stacy, celle-ci n'avait aucune envie de le revoir ou de lui répondre quoi que ce soit, ils prirent le parti de disparaître avant qu'il ne renvoie son message. Une fois, tous passés, le passage disparût et ils se retrouvèrent dans un tunnel extrêmement étroit et éclairé d'une lumière vert fluo.

Ils se retrouvaient les uns derrière les autres et rampèrent tout en tentant d'économiser leur air et leur force. Ils ne savaient pas du tout où les mèneraient ce passage, mais ils n'avaient pas le choix.

Ils poursuivirent longtemps, en tout cas, c'est l'impression qu'ils avaient.

Grouillot et Opaline unirent leurs pouvoirs et forces pour agrandir l'endroit où ils se trouvaient, cela engendra un éboulement.

Ils rampèrent plus vite mais ils furent séparés à nouveau. Les deux sœurs se retrouvaient avec Billetinne ainsi qu'Opaline. Grouillot, quant à lui était seul de l'autre côté. Il pesta littéralement de s'être retrouver enfermer. Il souffla un coup et réfléchit quelques minutes, il tentait de se rappeler les formules magiques qu'il utilisait auparavant.

Pendant ce temps-là, les sœurs jumelles, Billetinne et Opaline poursuivaient leur chemin, regrettant amèrement ce qui venait de se produire et espérant vite le retrouver.

À un moment donné, elles eurent un choix illimité de chemin à poursuivre, lequel devaient-elles emprunter ?

Elles se regardèrent un moment et décidèrent de continuer tout droit. Elles verraient bien où les mèneraient cet endroit.

Au même moment, le Souverain ouvrit la porte où Stacy était enfermée quelques temps plus tôt, il avait senti que quelque chose s'était passé. Lorsqu'il retrouva la pièce entièrement vide, il explosa en mille morceaux. Puis, il se reconstitua immédiatement, c'était toujours spectaculaire ce genre de phénomène et même ses espions, ses gardes semblaient choqués d'assister à ces scènes, lorsqu'elles se produisaient.

Il remonta rapidement et s'enferma dans son immense bureau. Il sortit un grand et lourd livre, il récita une formule incompréhensible et voulu trouver Stacy, mais ne le put pas.

Heureusement, pour tous les membres de l'Alliance Fantastique qu'il n'avait en tête qu'une chose. Il ne faisait donc plus attention à rien d'autre autour de lui.

Sarah, Stacy, Billetinne et Opaline avaient bien fait de suivre leur instinct, elles se retrouvèrent face une sortie, certes close mais elles y croyaient à leur libération future et surtout proche.

Elles mirent toutes leurs forces pour ouvrir cette issue scellée, elles se retrouvèrent entourées rapidement par des rats ouvriers.

Ils dirent : « Mais qui êtes-vous ? D'où sortez-vous ? »

Stacy : Nous pouvons vous retourner la même question ! Allez-vous nous faire du mal ?

Le rat se nommait Xérus et dit : « Non, on ne vous fera rien. Mais attention, en ouvrant cette issue, vous vous retrouverez en face des gardiens du Grand Souverain et ils risqueraient de vous faire tuer. »

Stacy : Sais-tu Xérus qui est ce Souverain et d'où il vient ?

Xérus : Ce que je sais, c'est qu'il n'était pas celui qu'il dit être avant, il a remplacé l'ancien Souverain et je le trouve bien pire.

Stacy : Il m'a demandé de l'épouser mais j'ai refusé.

Xérus : Tu l'as rencontré ? Mais quand et où ? On dit qu'il n'a jamais laissé personne vivre. Tu es et serais alors la première à être dans ce cas-là.

Stacy lui raconta tout ce qu'il lui était arrivé, sa rencontre avec Nao, Coccinella, Scarabéo et Libellula et comment les évènements avaient évolué jusqu'à son emprisonnement dans cette cellule du Royaume Acmé et les révélations, explications du Souverain lui-même sur ce qu'il était avant etc.

Les rats dont Xérus semblaient en même temps, choqués et en même temps honorés de rencontrer celle qui deviendrait, peut-être leur cheffe à tous et toutes.

Celui-ci lui dit : « Tout à l'heure, tu as parlé de la perle aux milles pouvoirs, sais-tu qu'elle existe bel et bien ? »

Stacy : Je me doute puisque tout le monde a l'air de dire que c'est le cas. En revanche, je ne sais où elle se trouve et nous aimerions bien un petit coup de main de votre part, si vous savez où elle est.

Xérus : Je ne sais pas exactement où elle se trouve mais j'ai un plan pour y parvenir. Es-tu prête à me suivre ?

Stacy : Je crois que nous n'avons pas trop le choix, je vais devoir vous faire confiance.

Xérus semblait satisfait et les emmena vers une sortie qui les menèrent directement sur … les tatous en personne.

Stacy crut qu'il s'était joué d'elle mais ces tatous-là étaient contre le Souverain et ils seraient, à coups-sûrs, des alliés de taille pour la suite des évènements.

4

Pendant ce temps-là, Géométrika se rendit visible et s'empressât d'aller prévenir Mandibulax de la tournure des évènements, lorsqu'après lui avoir tout raconté dans l'ordre, elle sursauta, elle se mit tellement en colère qu'elle explosa littéralement et retrouva, contre tout attente, sa forme initiale.

Elle n'en revint pas d'être parvenue à redevenir celle qu'elle était, il y a fort longtemps. Elle se redécouvrit et remercia Géométrika pour le déplacement. Elle retrouva dans sa cape-robe, toutes les formules magiques, tous les objets magiques qu'elle utilisait auparavant.

Géométrika : Nous sommes ravis d'avoir pu te délivrer de la magie de Frustrella, maintenant que tu es redevenue celle que tu étais, vas-tu nous accompagner pour aider et délivrer les mondes de l'emprise du Souverain du Royaume Acmé ?

Doucella : Bien sûr. Tu disais que vous aviez retrouvés Sarah, Billetinne et Grouillot, mon cousin ?

Géométrika répondit par l'affirmatif. Elle souriait, elle avait souvent pensé à eux et ne savait pas du tout ce qu'ils étaient devenus. Enfin, elle pourrait bientôt les revoir.

Elle dit aux formes géométriques : « Avant d'y retourner, j'ai un devoir de rendre visite à ma sœur, veux-tu bien m'accompagner ? »

Géométrika hocha la tête.

Ils se dirigèrent donc d'un bon pas vers le Palais de cette dernière et rentrèrent sans aucune difficulté. En effet, les gardes et surtout les scorpinos restèrent choqués de la retrouver comme avant.

Celle-ci se posta dans la grande salle de réception du Palais et hurla : « Ma sœur, Frustrella, je suis là. Viens me rencontrer ! »

Frustrella avait été mise au courant de la transformation de sa sœur et lui hurla dessus : « Oui, te voilà, maintenant que tu as retrouvé ta forme initiale, tu ne commandes plus sur moi, puisque tu n'es plus la plus imposante. Je suis donc libre de régner sur les mondes dans leur intégralité. »

Doucella : Non ma sœur, j'ai eu une procuration de nos parents qui me donnent les pleins pouvoirs pour commander et régner sur toi jusqu'à la fin des temps. Tu n'es donc pas libre de faire ce que tu veux comme il y a fort longtemps. Frustrella hurla et ne crut pas sa sœur. Cette dernière lui tendit le papier et l'autre le déchira en mille morceaux.

Les fantômes de leur parent apparurent alors et approuvèrent les dires de Doucella, ce qui cloua sur place Frustrella qui les accusa d'avoir fait du favoritisme envers Doucella.

La mère rétorqua alors : « Evidemment, puisqu'elle était et est une sorcière comme nous, à la différence de toi qui n'a fait que puiser dans les pouvoirs de ta sœur. Tu lui dois obéissance, tu lui dois allégeance, et cesse de suivre ce Souverain de malheur. Ou tu finiras très mal. »

Frustrella : Je vous maudit, je vous maudit !

Doucella attrapa les cheveux de sa sœur et la fit tourner aussi vite qu'elle put, puis la lâcha, au point que Frustrella se retrouva éclater contre l'un des immenses piliers de son Palais. Elle gémit et se tût.

Elle détesta encore plus sa sœur pour la tournure que l'histoire prenait.

Doucella remercia ses parents et prit le parti avec l'aide de ces derniers de retrouver tous ses amis.

Ailleurs, Coccinella, Scarabéo et Libellula demeuraient toujours dans le premier monde et étaient invisibles. Ils cherchaient une entrée ou une sortie pour passer d'un monde à l'autre sans crainte.

Ils avaient eu l'opportunité de discuter avec quelques-uns des esclaves prisonniers et ils les avaient mis dans la confidence de leur identité et ce qu'ils feraient une fois qu'ils auraient retrouvé le dernier membre de leur Alliance.

Les esclaves leur promirent de les tenir informés s'ils apercevaient quelqu'un ressemblant aux descriptions fournies.

Pendant ce temps-là, Stacy, Sarah, Billetinne et Opaline faisaient connaissance avec les tatous gardes qui s'étaient rebellés contre le grand Souverain et racontaient leur raison d'agir ainsi.

Ils expliquèrent qu'ils n'étaient pas des êtres brutaux au début, ils l'étaient devenus car l'ancien Souverain qui avait disparu les avaient kidnappé pour les métamorphoser en ce qu'ils étaient aujourd'hui et qu'ils regrettaient le temps où tout était beau, bon et simple. Qu'à l'heure actuelle, ils n'avaient plus de vie et que la plupart des femelles tatous avaient été tuées ou séquestrées pour de multiples raisons mais jamais valables.

Que la majorité des tatous s'étaient fait une raison mais qu'eux n'en faisaient pas partie et qu'ils s'étaient donc rebellés, souhaitant renverser le Souverain actuel qui s'avérait être encore plus monstrueux que le précédent.

Stacy leur raconta à son tour tout ce qu'il lui était arrivé et les révélations du Souverain sur ses origines etc. Aucun des tatous ne s'attendaient à de telles révélations et ils eurent encore plus la hargne et la rage de se venger. Ils étaient donc décidés à tout mettre en place pour atteindre leur but commun, délivrer tous les esclaves des mondes alentours et des mondes que dirigeait Frustrella et renverser le Souverain qui était à l'origine des catastrophes partout ailleurs, dont les réseaux sociaux sur terre.

Stacy ajouta : « Je me demande vraiment quel est le problème avec les réseaux sociaux ? »

Un des tatou répondit : « De ce que nous avons compris, il les détestent car il s'est senti humilié à l'époque mais ce n'est pas une raison. Au lieu de rendre cet outil détestable, il aurait pu œuvrer pour le rendre merveilleux. Avec toi comme Souveraine, nous sommes sûrs que ce serait le cas et que la paix règnerait sur et dans les mondes, qu'en dis-tu ?

Stacy ne répondit rien, ne s'y attendant pas du tout. Ils se mirent à réfléchir à un plan qui devrait fonctionner à coups sûrs.

5

Billetinne prit la parole et dit : « Je crois avoir une idée. »

Stacy : Dis-nous, on t'écoute.

Billettine : Voilà, grâce à mes pouvoirs, j'ai pu détecter avec quasi-certitude que la perle aux milles pouvoirs se trouvait bien dans l'immense bureau du Souverain.

Donc, comme il cherche après toi, fais semblant d'accepter sa proposition et dérobe-lui la perle au moment voulu. De ce que j'ai vu dans mes songes, elle est très visible dans une armoire en verre, scellée certes, mais bien à portée de main. Peut-être arriveras-tu à l'amadouer suffisamment pour qu'il baisse sa garde et qu'ensuite tu puisses la récupérer.

Stacy : J'y ai déjà pensé aussi mais j'aurais vraiment préférer éviter d'en arriver là.

Sarah : Je n'ai qu'à y aller à ta place, si tu ne veux plus le voir.

Stacy : Tu ferais ça ?

Sarah : Puisque je te le propose, je te rappelle qu'on est identique.

Stacy : Oui, c'est vrai mais je pense qu'il s'en rendra compte.

Sarah : Tu as donc des doutes sur mes capacités à me faire passer pour toi ?

Stacy : Pas du tout mais comme c'est un vieux sorcier, je doute qu'il se laisse berner aussi facilement.

Sarah : Je prends le risque.

Stacy comprit alors que sa sœur jumelle refusait d'entendre ses craintes et demeurait bornée quant aux mises en garde qu'on lui donnait.

Sarah dit : « Bon, tu te déshabilles et tu me donnes tes vêtements, comme ça je les porterais et il n'y verra que du feu… »

Stacy : Et que mettrais-je alors ?

Sarah : Les miens.

Stacy accepta à contre-cœur, mais au moment de se rhabiller, ni l'une ni l'autre ne put mettre les vêtements de l'autre. Sarah explosa et hurla : « Tu l'as fait exprès, n'est-ce pas ? »

Stacy : Comment ça ?

Sarah : Tu veux le garder pour toi seule…

Stacy : Que voudrais-je garder ?

Sarah : Le Souverain, bien sûr.

Stacy : Tu plaisantes là ? Il est vieux et laid, il ne ressemble à rien et en plus, il est terrible, bien plus monstrueux que le précédent. Crois-tu vraiment que je veuille le voir et passer du temps avec lui ? Si c'est ce que tu penses, alors je n'y comprends plus rien…

Sarah : Oui c'est ça… Elle avait remis ses vêtements et avait craché dans la direction de Stacy.

Billettine sauta sur l'épaule de cette dernière et lui dit : « La lumière verte a déteint sur elle, c'était loin d'être une illumination naturelle et saine. »

Sarah explosa : « Génial, je constate que toi aussi, tu te retournes contre moi ! »

Elle s'adressait à Billettine. Cette dernière savait parfaitement qu'il ne servait à rien de répondre quoi que ce soit, elle ne l'aurait ni accepter, ni tolérer.

Il fallait éliminer les effets de cette lumière verte sur elle avant qu'elle ne provoque de sérieux autres dégâts.

L'un des tatou l'assomma et l'attacha fermement contre l'un des piliers se situant dans la pièce exigüe dans laquelle ils se trouvaient.

Stacy aurait pu dire en temps normal que cela ne lui plaisait pas ce genre de méthode, là, elle ne dit rien et semblait même soulagée.

Xérus dit alors : « Bon, même si je l'ai trouvé très directive et hors de contrôle, l'idée de Billettine est pas mal du tout. Je me doute que cela ne te plaît pas trop mais nous serions également près de toi car j'y ai réfléchis aussi et si tu lui posais un ultimatum ? »

Stacy : Lequel ?

Xérus : Tu lui dirais que tu nous as rencontrés et que l'on t'a aidé à te remettre de tes émotions, on t'a aidé à y voir plus clair et que grâce à nous, tu es revenue vers lui de ton plein gré, tu lui réclamerai que l'on reste près de toi par reconnaissance des services rendus. On serait comme tes gardes du corps, tu vois ?

Stacy : Oui, ça se tient. Pourquoi pas ? Laissez-moi y réfléchir quelques minutes, elle s'éloigna, ferma les yeux et soupira un moment. Elle n'avait plus dormi depuis très longtemps et sentait une grosse fatigue l'envahir.

Elle se retourna et dit : « J'accepte puisqu'il semble qu'il n'y ait pas d'autres choix. Comment procède-t-on maintenant ? »

Xérus : Suivez-moi, je vais vous conduire à son Royaume en peu de temps, je connais un raccourci.

Il leur fit un clin d'œil. Billettine et Opaline se cachèrent dans la poche de veste de Stacy et attendirent.

Au bout d'environ dix minutes, ils se retrouvèrent devant les grandes portes de l'entrée du Royaume

Acmé et Xérus hurla : « Monseigneur Souverain, je vous ai retrouvé celle que vous recherchiez. Avec l'aide des tatous, nous vous l'avons ramener et de son plein gré. »

Le Souverain ne tarda pas à apparaître tout en haut du toit-terrasse de la pointe du Royaume et fit un signe aux gardes devant l'entrée de les laisser aller jusqu'à lui. Une fois, à l'intérieur, ils se dirigèrent vers les étages pour y retrouver enfin ce dernier et … Sarah !

6

Stacy qui faisait semblant d'être ligotée resta stupéfaite de voir sa sœur jumelle présente, comment avait-elle fait ? Elle n'était pas la seule dans ce cas.

Elle se reprit et dit au Souverain : « Vous me cherchiez, me voilà. »

Le Souverain : Oui, prenez place.

Il lui désignait un endroit où s'installer confortablement.

Sarah s'approcha et lui donna une nuée de coups auxquels Stacy ne s'attendait pas.

Elle se retint de pleurer et fit front à sa sœur, elle la fixa longuement et lui dit : « Tu peux continuer, je n'ai rien senti du tout… »

Sarah sentit une rage l'envahir et lui asséna des coups de plus en plus forts. Le Souverain la stoppa net dans son élan et l'envoya valser ailleurs. Elle gémit et se tût.

Il releva Stacy qui avait presque perdue connaissance. Billettine et Opaline étaient sonnées mais étaient intactes. Xérus et ses rats ainsi que les tatous rebelles avaient également été choqués par la scène à laquelle ils venaient d'assister. Le Souverain déshabilla Stacy et lui pansa ses blessures. Sarah l'avait bien amoché.

Lorsque Stacy retrouva ses esprits, il s'était écoulé deux journées complètes. Elle se trouvait dans un immense lit moelleux et était chez elle dans sa maison sur terre.

Elle pensait avoir rêver mais elle sentit gigoter quelque chose sous elle et après s'être déplacée légèrement, elle retrouva Opaline et Billettine. Ces dernières lui dirent : « Te rappelles-tu ce qu'il s'est passé ? »

Stacy fit non de la tête.

Opaline dit : « Nous devons absolument tout te raconter et tu dois reprendre le contrôle des évènements rapidement avant qu'il ne soit trop tard ! »

Stacy : Vous m'intriguez ! Mais que fais-je dans mon lit sur terre ? Comment y suis-je retournée ? Et où se trouve ma sœur jumelle et le Souverain ?

Billettine : Accroche-toi bien à ton lit, tu n'es pas prête pour ce que l'on va t'annoncer… »

Stacy déglutit difficilement sa salive et attendit sans dire un mot.

7

Billettine : Après que Sarah t'ai frappé devant le Souverain et nous autres, ce dernier a pris le parti de la stopper avant qu'elle ne te tue. Il t'a soigné et pansé tes blessures et cela a rendu folle Sarah. Elle lui a fait une scène de ménage à laquelle je ne m'attendais pas. Je pense qu'elle n'est pas celle que je croyais ou alors la vraie n'est pas ici mais ailleurs. Bref, elle s'est jetée sur le Souverain et la serrait fort contre elle, puis elle a craché son venin sur toi.

Le Souverain tentait de la calmer mais en vain. Xérus était toujours là et osa prendre la parole, il demanda qui était Sarah, il expliqua devant celle-ci qu'elle s'était fait passé pour la sœur jumelle de Stacy et l'avait déjà agressé verbalement un peu plus tôt.

Le Souverain lui répondit alors : « C'est une très longue histoire, Sarah est la sœur de Stacy. Nous sommes de la même famille, elles et moi. Nos parents sont frères et sœurs avec leurs parents. Sarah été très turbulente lorsqu'elle était bébé et ses parents, mes oncles et tantes ont préféré s'en séparer pour ne garder que Stacy qui était beaucoup plus calme. Ils étaient sûrs qu'elle ne se rendrait compte de rien concernant leur mode de vie etc. »

Il ajouta ensuite : « Mes parents travaillaient pour le compte d'un certain Togue, ce dernier était l'ancien Souverain de ce monde et de ce royaume. Après avoir très mal vécu une humiliation sur les réseaux sociaux, endroit que j'affectionnais beaucoup car tout semblait réel mais ne l'était en réalité pas du tout, j'ai décidé de mettre fin à mes jours, ne supportant plus les critiques et moqueries de mon entourage.

Mes parents en ont eu vent et m'ont empêché de commettre cette erreur, ils m'ont révélé ce qu'ils faisaient depuis de nombreuses années pour Togue et également qu'ils étaient les initiateurs de mon état. Je leur en ai, bien entendu, beaucoup voulu mais ils me dirent que mon avenir était et serait bien plus brillant que ce que je m'imaginais.

Togue avait créé les réseaux sociaux pour pouvoir espionner tous ceux qui y créerait un compte, qu'il soit personnel ou professionnel. Que ce soit pour le plaisir ou le travail. Il voulait récupérer les données personnelles des internautes pour les manipuler plus facilement au moment voulu. Mes parents qui venaient du même monde que Togue s'étaient ainsi intégrés parfaitement à la société terrestre pour atteindre leurs objectifs plus facilement. Lorsqu'ils m'ont présenté Togue et qu'ils m'ont demandé de me taire sur tout ce que je venais de découvrir, j'ai refusé. C'est alors que Togue me jeta cette malédiction et que je devins en même temps le Souverain. Une vieille loque toute défraîchie et hideuse, sentant extrêmement mauvais et ne pouvant rien y faire.

Mes parents suivirent Togue qui a disparu sur le champs et me laissant découvrir ce nouvel univers inconnu. Je me sentais complètement seul et pour cause, alors je me replongeais dans mes souvenirs et je me rappelais Sarah, ma cousine abandonnée. Je recherchais sa famille dont Stacy faisait partie et la retrouvais vivant seule et qui avait elle aussi quittée la terre pour des mondes parallèles mais bien éloignée de là où je me trouvais.

Je constatais qu'elle ignorait tout de sa véritable situation et ne voulant pas rester seul, je mis un plan en marche afin de finir par la retrouver. Je la fis rencontrer Frustrella, cette imbécile de sorcière qui m'obéit au doigt et à l'œil, sous peine de lui faire payer cher sa désobéissance.

Puis, lorsqu'enfin je me trouvais à ses côtés, je me rendais compte qu'elle détenait la fameuse perle aux milles pouvoirs dont tous les esclaves parlaient. Je décidais alors d'enfermer cette dernière dans le cachot avec ses amis qui se trouvaient avec elle et de ne plus m'en soucier. Je recherchais des formules magiques me permettant de changer d'apparence et me faire passer pour un homme normal et faisait la rencontre des trois amis Coccinella, Libellula et Scarabéo.

Je me joignais à eux, leur mettant en tête que nous formions l'Alliance Fantastique mais qu'ils nous manquaient une personne de confiance pour réaliser la tâche la plus périlleuse possible d'une vie.

C'est là que je fis en sorte que Stacy apparaisse enfin, elle seule pourrait au moment voulu, récupérer la perle aux milles pouvoirs que sa sœur avait obtenu en cadeau de sa famille avant qu'elle ne soit abandonnée.

Elle y était attachée et ne se doutait pas de l'importance qu'avait cette perle sur le reste des mondes. J'avais ouïe dire que grâce à ses multiples pouvoirs, je pourrais me désenvouter du maléfice de Togue et peut-être retrouver une vie quasi normale.

Résultat, lorsque j'eus l'occasion de m'absenter des trois autres membres de l'Alliance, avec Stacy, je n'hésitais pas. Je la manipulais autant que je le voulais et fit en sorte qu'elle tombe dans mon monde, le Royaume Acmé.

J'œuvrais pour qu'elle rencontre sa sœur jumelle. Je ne me doutais pas que cette dernière réagirait ainsi. Il semble qu'elle soit tombée amoureuse de moi et ce n'est pas réciproque. Je cherche à éradiquer cette malédiction et avec le comportement de Sarah, c'est impossible !

J'avais donc besoin de l'aide de sa sœur jumelle, ma cousine pour y parvenir. »

Billettine ajouta : « Il ne devait pas se douter que ta sœur jumelle utiliserait la perle à des fins terribles, te rejeter pour garder le contrôle de toutes les situations sur terre et ailleurs également. »

Stacy l'avait écouté depuis le début et restait choquée. Elle avait donc une sœur jumelle maléfique et totalement incontrôlable. Il fallait à tout prix qu'elle la retrouve et cesse ce massacre général.

8

Loin, très loin, Coccinella, Scarabéo et Libellula se trouvaient face au Souverain et à Sarah. Comment étaient-ils arrivés là ? Qui les avaient trahis ?

Ils n'étaient pas certains de vouloir le savoir, à quoi cela aurait-il servi de toute manière ?

Ils se trouvaient tous les trois devant Sarah qui ne supportait pas, à priori, leurs paroles concernant sa sœur jumelle ni sur le Souverain, qui se trouvait tout proche d'elle et qui la surveillait pour qu'elle ne tue pas ses ex-amis.

Sarah hurlait en se tenant la tête fortement : « Taisez-vous ! Je ne veux plus entendre parler de Stacy, j'aurais pu la tuer, si le Souverain ne s'était pas interposé... »

Le Souverain rétorqua alors : « Pourquoi la tuer ? Que t'a-t-elle fait ? »

Sarah : Tu cherches à l'épouser alors que moi non. Je suis pourtant identique en tous points à elle, alors pourquoi me rejettes-tu ainsi ?

Le Souverain : Qui a dit que je souhaitais l'épouser ?

Sarah : Lui demander d'être ton avenir, qu'est-ce que cela pourrait vouloir dire d'autre ?

Le Souverain : Eh bien, sache que pour ta gouverne, je n'ai jamais songé à demander la main de Stacy.

Sarah : Je ne te crois pas. C'est impossible, elle a voulu te prendre à moi.

Le Souverain : Elle n'a pas fait ce que tu racontes, dois-je te rappeler que nous sommes de la même famille ?

Sarah : Et alors ? Nous sommes éloignés !

Le Souverain : Il est hors de question que nous poursuivions cette discussion, je n'ai plus rien à te dire pour l'instant, alors va dans tes quartiers de ton plein gré, sinon je te ferais enfermer dans le cachot.

Sarah : Tu ne ferais pas ça quand même ?

Le Souverain : Je l'ai fait une fois, je le referais.

Coccinella les interrompit et dit : « Jamais je n'aurais jamais pensé que toi, Sarah, tu me traiterais ainsi après tout ce que l'on a vécu auparavant. Si Doucella était là, elle serait certainement très attristée également ! »

Sarah : Oh ça suffit ! Avant, je ne savais rien de moi, de ma famille. Je ne me doutais même pas que d'autres mondes existaient. Ce que vous pouvez être ridicules d'être aussi sensibles.

Elle levait les yeux au ciel, elle semblait exaspérée !

Coccinella baissa la tête en la secouant de droite à gauche, Libellula et Scarabéo la soutinrent autant qu'ils purent.

Le Souverain ou dirons-nous plutôt Nao ressentit sa peine, attrapa le bras de cette dernière et la relâcha au niveau des escaliers, il lui hurla dessus : « Maintenant ça suffit ! Je ne veux plus que tu déverses ton venin à qui que ce soit. Va vaquer à tes occupations dans tes quartiers et si je te revois dans les parages, j'appellerais Féliou pour qu'il te dévore vivante ! »

Sarah ouvrit la bouche pour parler mais il s'emporta et la poussa violemment, elle se mit à dévaler les escaliers en hurlant puis plus rien.

Le Souverain fit demi-tour et alors qu'il allait retourner dans son grand bureau et fermer la porte, celle-ci l'en empêcha en ricanant à gorge déployée et lui cracha au visage : « Tu ne te débarrasseras jamais de moi ! Je te pourrirai l'existence ! »

Elle l'assomma et l'enferma dans les cachots à sa place et remonta comme si de rien était, en sifflotant, l'air toute heureuse.

9

Lorsqu'il se réveilla, il se frotta la tête et remarqua qu'il avait repris son apparence terrienne. Il semblait soulagé et se sentit immédiatement beaucoup moins engourdie et faible. Il mit un temps avant de s'habituer à l'obscurité de la pièce.

Il fut rejoint par Xérus et les tatous rebelles et alors qu'ils l'entouraient pour se venger pour tout le mal qu'ils avaient subi depuis qu'il avait pris la place de l'ancien Souverain Togue.

Alors qu'ils allaient lui sautaient dessus, il leur dit : « Je n'ai jamais cherché à vous nuire, laissez-moi vous expliquer ce qu'il s'est passé depuis que j'ai remplacé par contrainte Togue. »

Xérus : Pourquoi devrions-nous te laisser la vie sauve ?

Nao : Parce que nous avons tous à y gagner.

Xérus : Je ne comprends pas, et puis d'abord où est Stacy ? Que lui avez-vous fait ?

Nao : Après que Sarah vous ai envoyés ici plus tôt, elle a touché la perle aux milles pouvoirs et Stacy a disparu de devant moi. Je ne sais pas du tout où elle se trouve, à présent. Et c'est d'ailleurs très fâcheux car je comptais beaucoup sur elle pour arrêter sa malade de sœur jumelle.

Xérus grognait puis quand il entendit cela, il se calma peu à peu et ajouta finalement : « Comment ça, l'arrêtait ? »

Nao : Lorsque je suis devenu le Souverain de ce Royaume, je ne le voulais pas. Je n'ai pas cherché à prendre la place de Togue, il m'a jeté cette malédiction qui m'a obligé à prendre sa place et en devenant comme lui, avec cette apparence, j'ai senti une haine m'envahir, une envie de faire du mal, de détruire, de tuer, d'abattre tout ce qui était différent de moi. Je ne parvenais pas à me contrôler, je ne parvenais pas à m'empêcher d'agir comme une véritable ordure. Autrefois, je n'étais pas du tout méchant, c'était plutôt le contraire. Pour ma défense, je n'ai pas eu une vie très saine ni très facile et découvrir que les moqueries et autres railleries étaient du fait de notre famille a été très difficile à encaisser. Lorsqu'après cette découverte, j'ai voulu mettre fin à mes jours, ils m'en ont empêché et m'ont emmené voir Togue qui était derrière tout cela.

Après avoir été mis au courant de toutes les choses atroces qu'ils commettaient en son nom, j'ai refusé de me taire, il m'a jeté ce maudit sort et il a disparu avec mes parents, que je n'ai plus jamais revu. Je me suis retrouvé dans un corps piégé et sans savoir quoi faire, à part agir contre ma nature profonde, alors je vous demande pardon pour tout le mal que je vous ai causé, ce n'était pas vraiment moi.

Ce que je recherche, à présent, plus que tout au monde c'est retrouver Togue ainsi que mes parents pour leur faire payer leur traitrise et leur abandon, leurs actes ignobles.

Empêcher Sarah de nuire et d'utiliser la perle aux milles pouvoirs de manière négative, la perle se renforce et devient maléfique à chaque fois que Sarah ressent et agit sans conscience et sans remords.

Si j'ai fait venir Stacy c'était dans le but qu'elle prenne le dessus sur sa sœur, d'une manière ou d'une autre et qu'elle récupère la perle aux milles pouvoirs qui avait été donné par leurs parents, lors de l'abandon de Sarah.

C'était censé représentait un souvenir pour elle mais je pense qu'elle a vite compris qu'il n'en était rien et qu'elle l'a utilisé depuis fort longtemps à de mauvaises fins.

Voilà pourquoi, j'aimerais vivement que vous vous joigniez à moi, pour aider Stacy à revenir où qu'elle soit, à récupérer cette perle aux milles pouvoirs et que je puisse grâce à elle, récupérer ma forme terrienne définitivement, qu'il n'existe plus de Souverain ou du moins, que cela ne soit pas moi et qu'enfin je me venge de Togue et de mes parents.

Xérus se tourna vers les tatous rebelles et se comprirent rien qu'en se regardant. Il se retourna vers Nao et lui dit : « C'est d'accord, à condition que Stacy devienne Souveraine de tous les mondes, y compris la terre, à la fin de votre règne. »

Nao : D'accord, mais si elle refuse ce fait-là, vous retrouverez votre liberté et irez où bon vous semble.

Les tatous hochèrent la tête, les rats aussi ainsi que Xérus. C'était entendu, ils s'entraideraient pour contrer Sarah et sa fureur, sa folie meurtrière.

10

Pendant ce temps, Grouillot était parvenu à retrouver au fond de sa mémoire, les formules magiques qui lui permirent de retrouver l'air libre en quelques minutes. Il prit de longues bouffées d'air frais pendant un court instant, il s'époussetta et observa les alentours. Il n'avait pas l'impression d'être dans le même monde qu'auparavant.

Il fit quelques pas et se retrouva aspirer dans un portail coloré à toute allure, il n'eut pas le temps de souffler qu'il croisa de l'autre côté de ce tunnel infernal, sa cousine Doucella avec Géométrika ainsi que les parents fantômes de cette dernière, il eut juste le temps de croiser son regard, aussi choqué que lui. À ce moment-là, il aurait tout donné pour se trouver près de sa cousine. Il se sentait soulagé de la savoir redevenue normale et avait hâte de retrouver les autres siens pour sortir de cette histoire au plus vite.

Il atterrit sur terre apparemment devant une foule de personnes qui semblaient étonner et ahuris de le trouver là.

Il utilisa ses pouvoirs et tout en récitant des noms qu'ils connaissaient, il fit apparaître Stacy qui était toujours en chemise de nuit, il lui changea ses vêtements et pansa ses blessures puis fit venir un jeune garçon, âgé approximativement d'une quinzaine d'années. Ce dernier était habillé d'un jean, un sweat foncé et de baskets. Lorsqu'il le vit, il lui serra la main et lui dit : « Comme ça fait longtemps, je ne croyais pas que je te reverrais un jour ! »

Stacy n'en revenait pas de le revoir là et encore moins de communiquer avec un jeune terrien, d'où se connaissaient-ils ? Et qui était-il ?

Elle ne dit rien et en un claquement de doigt de Grouillot, ils se retrouvèrent tous les trois sur un terrain vague, ils se dirigèrent sous un pont tagué et alors qu'ils apposaient chacun d'eux, une main dessus, ils se retrouvèrent dans un nouveau lieu. Ils tournoyèrent rapidement autour d'elle et en un temps record, ils s'installèrent dans une cabane qui apparût sur la cime d'un des plus grands arbres devant lequel ils se trouvaient. Ils se donnèrent la main et en un clignement d'œil, ils se retrouvèrent à l'abri.

Stacy prit place dans un coin et attendit des explications. Grouillot la serra contre lui et lui dit : « Je te présente Amio. C'est un sorcier assimilé aux terriens, nous sommes de très anciens amis et il va nous aider dans notre mission. »

Amio se présenta rapidement et dit : « Enchanté de faire ta connaissance Stacy, je suis ravi de rencontrer la prochaine Souveraine des mondes et celle qui fera régner l'ordre partout et surtout sur les réseaux sociaux. Plus rien ne va plus depuis quelques temps ! »

Stacy rétorqua alors : « Mais vous êtes si jeune ! Comment pouvez-vous être de si vieux amis ? »

Amio : Il ne faut jamais se fier aux apparences.

Il lui fit un clin d'œil puis ajouta : « Je joue un rôle sur terre. Je m'assure que les gens soient toujours en sécurité et envoie mes rapports à notre bonne fée, notre maîtresse Tutélaire. »

Stacy allait de surprises en surprises. Amio ajouta : « Que les choses sérieuses commencent ! Enfin de l'action ! »

Tome 3

1

Grouillot : Alors comment vas-tu depuis tout ce temps ?

Amio : Ma foi, tout va très bien. Parmi les Terriens, il y a de vrais faces d'abrutis mais la majorité est tout de même très agréable.

Stacy : Si vous allez par-là, c'est valable dans tous les autres mondes…

Amio : C'est vrai. Mais étant donné que je suis sur terre je ne parle que de la terre.

Grouillot : Pas de polémique s'il-vous-plaît. Nous ne sommes pas là pour ça. Comment t'es-tu retrouvé ici Stacy ?

Stacy : Je l'ignore.

Billetinne prit alors la parole : « Sarah n'a eu qu'à toucher la perle aux milles pouvoirs pour envoyer sa sœur ailleurs. »

Grouillot : Elle a donc déjà utilisé cette perle. Elle connait déjà tous les tenants et aboutissants de cette perle et en abuse considérablement. Il faut vraiment l'arrêter.

Stacy : Avez-vous un moyen de retourner dans ce monde du Royaume Acmé ?

Amio : Bien sûr. Figure-toi que pendant mon séjour sur terre, j'ai fait la connaissance de beaucoup de personne formidable qui se battent pour que les réseaux sociaux soient et deviennent un lieu sûr et agréable sans intervention de pourris etc. Je leur ai donné à ces personnes-là, une perle également avec des pouvoirs liés à leur personnalité. Celles et ceux qui en ont hérité connaissent l'existence des mondes parallèles et ils n'attendent que mon signal pour nous rejoindre et faciliter la mission.

Stacy : Si je comprends bien, vous saviez que tout cela se produirait ?

Amio : Nous sommes des sorciers, nous avons toujours entendu parler d'une perle aux milles pouvoirs qui pourrait régner et régir tout et n'importe quoi, n'importe qui. Utilisait de la mauvaise façon, elle engendrera des catastrophes dans les mondes et surtout la terre. Vos parents Stacy sont les responsables d'une grande partie de cette situation.

Il y a fort longtemps, la terre était peuplée d'êtres différents des terriens, des humains. Ils n'étaient pas ce que l'on appelle des démons dans les textes sacrés, ils n'étaient pas non plus des entités, ni des fantômes, ils étaient de chair et d'os. Les plus grandes familles de sorciers vivaient sur terre. Ils avaient hérité de la terre après, selon eux, un partage équitable des richesses s'y trouvant. Parmi eux, un certain Togue, arrière-grand-père de ta sœur et de toi ainsi que de Nao.

Ce Togue avait une sœur cadette qui était et se comportait, en apparence, en tout cas de manière plus intelligente, plus rusée. Elle passait son temps à creuser dans la terre pour dénicher un objet qu'elle semblait certaine de trouver.

Et alors qu'elle poursuivait comme chaque jour sa quête, elle finit par la trouver : une magnifique perle brillante et lumineuse. Elle récita instantanément des formules magiques dessus pour attribuer à cette perle tous les pouvoirs. Sa famille ne la considérait pas vraiment car elle était la plus jeune, ils devaient la penser inutile.

Elle donna à cette perle la capacité de modifier le destin de son détenteur mais également du reste des mondes, engendrant des infiltrations d'autres sorciers veilleurs partout mais surtout sur la terre. Togue la lui prit à un moment donné et voulu annuler les formules récitées un peu avant par sa sœur cadette sur cette perle, ce qui engendra des espions et fauteurs de trouble partout et notamment la terre. Des espions capables quel que soit la période d'activités de s'intégrer parmi d'autres et de semer le chaos, la zizanie etc.

Mais cette perle avait et a toujours la capacité de modifier ce destin pour du bon, du meilleur. Cette perle se modifie en fonction de la personne qui la détient. Si on l'utilise pour de bonnes raisons, alors la perle peut engendrer de multiples bienfaits pour l'humanité et le reste des mondes. Tout dépend de qui l'a et ce qu'il en fait.

Pour en revenir à Togue, lorsqu'il aperçut sa jeune sœur détenir cette perle, il voulut la récupérer pour lui. Elle refusa. Une guerre s'enclencha alors au sein même de toute cette famille. Ils s'entretuèrent un bon milliers d'années et finirent par se lasser. La sœur cadette qui avait découvert cette perle s'en était allée ailleurs et avait refait sa vie. Elle eut une fille, qui eut une autre fille, qui finalement eut deux filles supplémentaires. Ces deux filles étaient ta sœur et toi. Elle avait décidé d'apposer une condition à la passation de cette perle aux milles pouvoirs, celle qui en hériterait serait bonne et l'utiliserait à bon escient. Togue qui avait rechercher sa sœur toutes ces années avait fini par la retrouver et se fit passer pour un nouvel époux des filles de sa sœur. Toutes progénitures venant de lui récupèrerait de son vice et de sa terrible méchanceté. Lorsque sa sœur cadette s'en rendit compte, elle récita une formule magique qui rendait cette perle insaisissable sauf pour l'une des jumelles à venir. C'est finalement ta sœur qui était plus dissipé que toi qui héritait des pouvoirs maléfiques de Togue et qui reçut cette perle. Si la jeune sœur cadette qui se nommait Jouvencette avait imaginé qu'elle allait accorder « sa perle aux milles pouvoirs » à la mauvaise sœur, elle ne l'aurait jamais fait. Plus tard, lorsqu'elle réalisa cela, elle disparut et t'embrassa sur le derrière de l'oreille. Tu as dû constater que tu avais une petite bosse non ?

Stacy : Euh non. Je n'ai jamais fait attention.

Elle se toucha l'arrière des oreilles et constata qu'en effet, il y avait bien une petite bosse. Elle finit par hocher la tête.

Amio : Appuie un peu fort dessus pas au point de te faire mal mais laisse ton doigt dessus un moment en insistant un peu.

Stacy obéit immédiatement et ressenti une petite douleur. Elle poussa un cri. Elle retira sa main et constata dans celle-ci, une perle scintillante époustouflante !

Elle regarda Amio qui souriait et celui-ci finit par dire : « Tu es officiellement la détentrice de la perle aux milles pouvoirs ! Nous te devons le respect, l'allégeance éternelle et notre plus profonde sympathie et soutien. »

Stacy : Je ne comprends pas. Je croyais que c'était ma sœur qui avait hérité de la perle ?

Amio : Oui c'est ce que Togue pensait aussi mais Jouvencette avait vu venir l'entourloupe et avait créer une fausse perle qu'elle donna à ta sœur. Des deux tu étais la plus calme et la plus douce. C'était donc toi qui deviendrait maîtresse de ce bien, de ce présent inestimable !

Alors là Stacy n'en revenait pas. Elle écarquillait les yeux tout en contemplant cette perle.

Amio : J'ai autre chose à t'apprendre de très important. Donne-moi ta main s'il-te-plaît.

Elle la lui tendit, il prit la main de Grouillot et ils disparurent sans laisser de traces. Ils arrivèrent dans une grotte entourée d'herbes hautes et lorsqu'ils pénétrèrent à l'intérieur, ils trouvèrent une très vieille femme remuant une potion magique dans un vieux chaudron. Elle récita des incantations et semblait très concentrée.

Elle leva les yeux et sourit en apercevant son arrière-arrière-petite-fille.

Elle lui dit : « Te voilà enfin ! Approche-toi de moi que je puisse t'admirer et que l'on discute de la suite des évènements ! »

2

Stacy s'assit près de cette très vieille femme et la regardait longuement. Elle avait compris qui elle était mais n'en revenait pas de la rencontrer en personne. Jamais elle n'aurait pensé qu'elle serait encore en vie après tout ce temps.

Elle regarda Grouillot qui prit la parole aussitôt : « Jouvencette, je suis très honoré de te rencontrer enfin ! Nous t'avons ramener l'héritière de la perle aux milles pouvoirs. Es-tu satisfaite de la tournure des évènements ? »

Jouvencette : Oui, tout à fait ! Nous allons pouvoir grâce à cela, grâce à cette rencontre, avançait considérablement dans nos affaires !

S'adressant à Amio, elle ajouta : « Sais-tu où se trouve Togue ? »

Amio : Non pas encore mais cela ne saurait tarder !

Stacy : Mais comment vous connaissez-vous ?

Amio : Je suis de la famille, Stacy. Jouvencette est ma tante. J'étais tout jeune lorsque la famille a explosé à cause de cette perle. Comme elle était la plus jeune de la fratrie, je la suivais partout et logiquement, lorsque les problèmes ont commencé et se sont accentués, je l'ai suivi, délaissant mes parents et autres oncles et tantes. Je ne l'ai jamais regretté. Elle est pour moi une mère, pas simplement une tante. Elle m'a tout appris et c'est d'ailleurs elle qui est l'initiatrice de la création des perles à offrir à des personnes de confiance sur terre pour aider au moment voulu. Elle sait très bien ce qu'est capable de faire Togue pour s'approprier cette perle et surtout pour détruire ce qu'il reste dans les mondes et sur terre.

À l'époque, il y a fort longtemps, les siens se sont fichus d'elle, pensant certainement qu'elle ne serait jamais une très grande sorcière. Ils l'ont jugé car ils estimaient qu'elle était trop docile, douce et bonne pour apparaître comme étant une menace. Ce qu'elle voulait n'était pas de terroriser mais bien d'apporter de la paix, de la joie, de l'amour.

Elle lutte encore contre Togue et les siens, notamment tes parents, leurs parents, ses frères et sœurs, ses parents etc.

Stacy : Tu veux dire qu'ils sont tous vivants ?

Amio : Bien sûr, nous sommes des sorciers de père en fils et de mère en fille.

Stacy : Mais moi, je ne suis pas une sorcière ! Je n'y connais rien.

Jouvencette prit alors la parole : « Oui, je le sais parfaitement et je l'ai fait exprès, je ne voulais pas que tu baignes dans ce milieu-là. Je voulais que tu sois protégé par ta vie terrestre banale et cela a plutôt bien fonctionné jusque-là. Mais bien entendu, je te surveille depuis ta naissance et depuis que j'ai quitté la terre pour venir ici. J'ai tenu éloigné Togue et les siens aussi longtemps que j'ai pu.

J'ai également surveillé Nao et sa famille de dégénérés, malheureusement leurs plans à tous étaient d'envahir la terre à nouveau pour se la réapproprier. Ils n'ont toujours pas compris que la terre est une planète qui se partage avec d'autres et que c'est là la richesse la plus grande. Ils veulent tout pour eux sans accepter quoi que ce soit d'autres. J'ai toujours pensé autrement et d'ailleurs, se tournant vers Grouillot elle ajouta : « Nous avons également un lien de parenté avec Doucella et Frustrella ainsi que leurs parents. »

Grouillot : Ah oui ? Quel est-il ?

Jouvencette : Je suis un de leur ancêtre. Je ne rentrerais pas dans plus de détails. Il faut savoir que Frustrella n'a pas hérité de pouvoirs magiques volontairement, si elle en avait eu à la naissance, elle serait automatiquement devenue comme Togue et cela je ne l'aurais jamais admis. Doucella, en revanche, avait pris de mon côté, donc il n'y avait rien à craindre. Grouillot tu es le cousin de ces deux-là, tu as donc le même sang que nous autres, soit le bienvenu parmi nous. Quoique le nombre soit très restreint, à présent.

Grouillot s'essuya les yeux et répondit : « Je suis très heureux de faire partie de ta famille, Jouvencette. »

Jouvencette : Moi aussi, mon petit. Allez, approchez-vous davantage, je vais vous servir à manger et nous allons très sérieusement discuter du plan à venir.

3

Une fois repus, Jouvencette récita une formule magique au-dessus de son chaudron et plusieurs images nettes apparurent. L'on pouvait y distinguer les trois nouveaux amis de Stacy en train de se faire martyriser par Sarah qui avait davantage l'apparence d'une folledingue que d'une jeune femme équilibrée.

Coccinella, Scarabéo et Libellula étaient tout écrasés, aplatis contre un pan de mur du grand bureau du Souverain.

Sarah se délectant de les voir en si piteux état, rire à gorge déployée et se félicitant des tournures des choses. On pouvait la voir toucher sa perle et lui parlait discrètement, celle-ci faisait alors trembler les objets, les murs, le Royaume Acmé tout entier. On voyait également Togue et d'autres inconnus à Stacy, apparaître et la félicitaient pour son travail, sa rébellion etc.

Les images s'arrêtèrent là-dessus. Jouvencette respirait fort, elle paraissait vraiment très agacée et très mécontente de revoir son frère Togue, cet être abjecte et pervers.

Elle reprit ses esprits et récita d'autres formules qui firent apparaître Nao, il se trouvait dans le cachot entouré des tatous rebelles et des rats, dont Xérus.

Grouillot demanda alors : « Peut-on voir où se trouve Doucella ainsi que Géométrika et les parents fantômes ? »

Jouvencette hocha la tête et récita une nouvelle formule, elle put constater que ces derniers se trouvaient cachés dans le Royaume Acmé, tentant d'utiliser leur magie pour se protéger mais n'y parvenaient pas vraiment.

Elle psalmodia alors plusieurs formules incompréhensibles pour Stacy. Celle-ci put constater alors que Doucella, ses parents et Géométrika demeuraient totalement invisibles afin de passer inaperçus et sans doute délivrer Nao de sa malédiction et de l'emprise de Togue.

Jouvencette cessa ses incantations et se retourna vers Stacy, la regarda un instant et lui dit finalement : « Sais-tu que Togue n'a fait que se jouer de Nao ? Ainsi que ses parents et les tiens également ?

Togue n'a jamais cessé de tenir les rênes de ce Royaume, il a manipulé Nao qui était fragile à ce moment-là pour lui envoyer cette malédiction. Vous devez me ramener ce cousin à vous et nous pourrons alors le délivrer de cet ensorcellement. Une fois, qu'il sera redevenu normal, avec son véritable physique, nous pourrons neutraliser plus facilement Sarah, Togue et tous les autres. Nous ferons également appel aux personnes qu'Amio aura contacté pendant son séjour sur terre et ils nous rejoindront pour détruire à tout jamais ces êtres nuisibles et enfin les réseaux sociaux que Togue avait créé seront libérés de toute emprise négative et malsaine. Vous pourrez alors l'utiliser à des fins merveilleuses et tous les utilisateurs également. »

Stacy : Tu as ton idée, j'ai l'impression sur la question ?

Jouvencette : Oui, ma chérie, mon sang, ma continuité. Et tu m'y aideras, j'en suis persuadée !

Stacy : Bien sûr, Jouvencette. Je te remercie d'avoir toujours veillé sur moi et sur nous autres. Je suis heureuse de te rencontrer et de te connaître.

Jouvencette lui prit les mains et les serra fort, elle souriait et Stacy se rendit compte qu'elle lui ressemblait beaucoup.

Jouvencette dit : « Vous êtes en famille, restez unis et forts, vous pourrez ainsi vaincre plus facilement tout ce bas-monde. Je vous surveillerai d'ici et vous aiderai au meilleur moment ! »

Grouillot : Donc si je comprends bien, nous allons devoir réunir toutes les personnes détentrices d'une perle magique venant de terre pour nous aider à retrouver Doucella, ses parents fantôme et Géométrika, délivrer Coccinella, Libellula et Scarabéo et les remettre sur pieds, puis neutraliser Sarah, devrons-nous détruire sa fausse perle ? »

Jouvencette : Oui, ce sera plus prudent. Il n'existe qu'une seule et véritable perle aux milles pouvoirs et il est toujours revenu à la plus magnifique et la plus sage, la plus raisonnable de mes descendantes, à savoir toi Stacy. Tu l'as porté en toi, sans même le savoir afin de te protéger. Maintenant ta perle demeurera toujours derrière ton oreille, bien cachée et en sécurité renforcée. Tu n'auras pas besoin de la toucher avec tes mains pour l'activer, il suffira que tu penses à elle et que tu désires du bon, du bien autour de toi pour vaincre n'importe lequel des ennemis qui sera en face de toi. La perle exaucera alors tes désirs. Vous êtes synchronisées et la perle n'obéit qu'à toi, Stacy.

Cette dernière remercia son arrière-grand-mère et celle-ci lui sourit. Tous les trois se relevèrent, se regardant un instant, prenant une profonde inspiration et se prenant les mains, disparurent pour réapparaître sur terre, appelant auprès d'eux toutes les détentrices et tous les détenteurs d'une perle magique. La première étape débutait là.

4

Togue et toute sa famille discutaient avec animation des étapes à franchir pour avoir une totale main mise sur les mondes et surtout sur les réseaux sociaux. Ils voulaient revenir aux temps anciens, plus personne ne parlait plus de Jouvencette, pensant sans doute qu'elle n'était plus de ce monde et que c'était très bien ainsi.

Ils seraient, à coups sûrs, stupéfaits de constater qu'il n'en était rien. Ils se servaient bien entendu de Sarah, tout comme ils l'avaient fait avant avec Nao.

Ils se croyaient vraiment très forts, très puissants, très intelligents et rusés. Le jour de leur défaite approchait mais aucun d'entre eux n'y était préparé et c'était tant mieux pour Jouvencette.

Elle les observaient au-dessus de son chaudron et ne laissait entr'apercevoir aucune émotion, aucun signe prouvant qu'elle souffrait de cette guerre entre eux. Elle ne s'était jamais sentie comme ces derniers et ne les avaient plus jamais regrettés.

Elle avait hâte d'avoir sa revanche sur eux, sur la vie cachée qu'ils l'avaient forcé à mener jusque-là. Elle savait au plus profond d'elle-même que l'amour et la droiture l'emporterait sur le reste. Elle s'était jurée il y a des milliers d'années qu'elle mettrait elle-même, son frère Togue, hors de nuire et elle avait hâte d'y être.

Pendant ce temps-là, Stacy, Grouillot, Amio ainsi qu'Opaline et Billetinne se dispatchaient aux quatre coins de la planète terre pour rappeler auprès d'eux, les détenteurs des perles magiques.

Il y en avait deux par continent, homme et femme. Ainsi, après les avoir tous appelés et qu'ils se soient tous rassemblés, ils furent emmenés directement auprès de Jouvencette. Elle se releva et leur chuchota quelques mots à l'oreille qui les fit se sentir différents.

Ils la quittèrent rapidement et se téléportèrent d'un commun accord dans le Royaume Acmé, dans les cachots du Souverain Togue.

Ils retrouvèrent rapidement Nao, Xérus et les tatous rebelles. Ils demeurèrent hallucinés par cette entrée fracassante !

Ils les ramenèrent aussi vite que possible auprès de Jouvencette et lorsqu'elle aperçut Nao, elle lui dit : « Te voilà enfin mon petit, je suis ton arrière-grand-mère, Jouvencette. Tu as été utilisé par mon frère Togue et toute notre famille, comme un pantin, pour poursuivre leurs œuvres et pulsions cruelles sur tout être différent d'eux. Je te délivre, à présent, de la malédiction que tu as subi tout ce temps, retrouve ton corps d'avant et redeviens le jeune homme gentil et courageux que tu étais il y a longtemps. Stacy t'aidera dans tes tâches. »

Tout en lui disant tout cela, elle lui appliquait les mains sur tout le corps, de la pointe des cheveux jusqu'aux pieds. En quelques minutes seulement, la malédiction fut levée et il hérita d'une petite perle magique aux pouvoirs limités afin d'aider Stacy dans sa quête de justice.

Elle lui raconta ensuite tout ce que Stacy avait appris quelques heures plus tôt et il demeura aussi choqué qu'elle par ces révélations.

Il semblait également soulagé de connaître des membres de sa famille qui n'était pas pourris et était bien décidé à se venger des siens. Il était reconnaissant de se trouver du côté de Jouvencette qu'il considérait, à présent, comme une mère, une grand-mère aimante. Après tout, elle avait toujours veillée sur eux.

Les tatous rebelles et les rats dont Xérus s'approchèrent de cette dernière et lui présentèrent leur respect. Elle leur sourit et en un mot, ils retrouvèrent tous leur famille, femelles, enfants etc.

Ils sautèrent en l'air et décidèrent de retourner aider leurs nouveaux amis à combattre le mal pour faire gagner le bien et ensuite revenir auprès de leur famille. Ces dernières seraient, à coups sûrs, en sécurité auprès de la doyenne des lieux.

Après de brèves concertations tous ensembles, ils décidèrent de monter un coup de maître contre Sarah pour libérer leurs trois amis qu'étaient Coccinella, Libellula et Scarabéo.

Elle leur dit avant qu'ils disparaissent : « Je suis avec vous, n'ayez crainte, je vous suivrai et interviendrai dès que cela sera nécessaire ! »

Ils hochèrent la tête. La partie la plus importante allait pouvoir débutait.

5

Il était décidé qu'ils œuvrent dans l'invisibilité la plus totale afin de surprendre Sarah et ses plans exécrables au meilleur moment.

Ainsi, Nao, Stacy, Opaline, Billettine se dirigeaient d'un pas sûr vers l'ancien grand bureau que ce dernier avait occupé pensant réellement qu'il était devenu le Souverain de ce monde de malheur, alors qu'il n'en était rien. Il avait été berné une fois de trop, il était bien décidé à faire payer à Togue mais aussi à tous les autres, leurs actions contre lui.

Ils se trouvaient auprès de Sarah sans même qu'elle s'en soit rendue compte, leur plan fonctionnait à la perfection.

Pendant ce temps-là, Grouillot, Amio et toutes les détentrices et tous les détenteurs des perles magiques qui se nommaient les Alliégaux tous ensembles, se trouvaient auprès de Doucella, ses parents fantômes et Géométrika. Ils demeuraient invisibles jusqu'au moment où ils se montrèrent à ces derniers et où Doucella sauta au cou de Grouillot qu'elle n'avait plus revue depuis plusieurs longues années.

Même les parents fantômes semblaient émus de le revoir. Amio se présenta rapidement et leur expliqua qui il était et toutes les révélations faites par Jouvencette, la trahison de leur grande famille et tout le reste.

Tous étaient bien décidés à effectuer une mission de la plus haute importance auprès de Stacy et Nao, qui s'avéraient être également de leur famille.

Ils les rejoignirent rapidement dans l'ancien bureau de Nao et ils purent tranquillement se saluer et se retrouver, puisqu'invisibles.

Ils découvraient alors leurs amis dans un piteux état, ils eurent les larmes aux yeux et ils commencèrent à mettre au point leur plan.

Ils bougeaient les objets et les faisaient tomber jusqu'à ce que Sarah s'en rendent compte et commence à bouger de sa place.

Stacy prenait un malin plaisir à la torturer, elle lui renversait de l'eau dessus, elle lui tirait les cheveux à l'aide d'une pince, elle découpait ses vêtements, elle la poussait contre les murs, elle fut rejointe par Nao qui prit le parti de la faire souffrir encore plus. Elle, elle avait été consciente qu'il était manipulé et elle l'avait également fait avec lui, se jouant de lui, se moquant de lui, ouvertement. Jamais, il ne le lui pardonnerait, ni à elle, ni aux autres.

À eux deux, ils la martyrisaient et y prenaient du plaisir. Ils ne pensaient pas à la tuer car cela ne figurait pas dans leur vocabulaire en tout cas pas à ce moment-là. Pendant ce temps, Grouillot, Doucella, ses parents fantômes, Géométrika, Opaline, Billetinne et les Alliégaux remirent sur pieds les trois amis. Ils leur expliquèrent rapidement la situation et leur donnèrent de quoi reprendre des forces. En peu de temps, ils furent remis sur pattes et étaient prêts à affronter la suite du plan.

Nao avait assommer Sarah, l'avait bâillonner et ligoter fermement. Grâce à sa vraie perle, Stacy se concentra et put trouver la fausse perle de sa sœur jumelle. Lorsqu'elle l'eut en main, Jouvencette apparût instantanément et la détruisit sur le champs.

Elle était très fière de tout son petit monde, ils étaient bien ses descendants.

Sarah reprit connaissance et voulu réciter des paroles incompréhensibles à sa perle, en vain. Elle se mit à hurler si fort qu'elle alerta les siens.

Togue apparût et hurla : « Que t'arrive-t-il ? »

Sarah : Je ne sais pas ce qu'il s'est passé, j'ai parlé à ma perle mais elle ne m'a pas répondu. Pleins de choses étranges se sont produites, je n'ai pas compris car rien n'était visible. »

Togue se mit à hurler de rage et l'embarqua dans le monde où ils se cachaient tous.

Jouvencette s'était rétrécie et avait fait de même pour tous les siens, ils s'étaient ainsi cachés dans les habits de cette dernière.

Dès qu'arrivés dans leur planque, Sarah fut contrainte de changer ses vêtements pour qu'ils puissent retrouver la perle. Comment avait-elle pu la perdre ? Ce n'était pas possible !

Togue cogna fortement sur cette dernière, la traitant d'incapable et lui laissant entendre qu'elle ne valait plus rien sans cette perle. Qu'il n'avait plus besoin d'elle, qu'il allait s'en débarrasser. Lorsqu'elle réalisa ses mots, elle lui sauta dessus et lui enfonça une pierre tranchante dans la gorge. Du sang gicla de toutes parts, Jouvencette hurla alors : « Non ! Il est à moi, il est pour moi ! »

Elle récita de la magie qui lui permit de statufier tous les autres membres de cette famille de fous et alors qu'elle s'approchait de son frère Togue, elle attrapa la pierre tranchante et lui dit, un sourire aux lèvres : « Tu m'as pourri la vie, tu as cherché à me réduire, mais sache que l'amour triomphe toujours sur la haine. Je ne te permettrai plus jamais de me pourchasser, moi ou les miens, c'en est fini pour toi ! Et même dans le Royaume des morts, tu ne pourras rien. Tu as fait tellement de mal partout que tous ceux qui sont de l'autre côté, t'attendent pour te réduire au silence jusqu'à la fin des temps ! »

Elle lui porta le coup fatal et ensuite se retourna vers Sarah qui pleurait de crainte, qui réclamait de la clémence, de la pitié. Jouvencette lui dit simplement : « Pauvre folle, tu n'auras jamais mon pardon pour ce que tu as fait comme monstruosité, tu as choisi ton camps. »

Elle avait déposé la pierre tranchante et allait partir, Sarah allait l'attraper pour la lui planter dans le dos, Nao sauta sur la pierre avant elle et la lui enfonça dans le gosier jusqu'à ce que la pierre se retrouve de l'autre côté.

Lorsqu'il retira sa main de l'intérieur du cou de Sarah, il partit vomir et se lava les mains, les bras jusqu'aux coudes.

Il ne réalisait pas vraiment encore ce qu'il venait de faire, il avait rêvé de vengeance et c'était chose faite. Après tout, c'était de la légitime défense, elle allait tuer son arrière-grand-mère, il devait la protéger.

Jouvencette le rejoignit et le remercia en ces termes : « Merci mon petit de m'avoir sauvé d'un coup fatal, tu es un brave petit, je suis fière de toi. »

Nao éclata en sanglots et elle le consola. Stacy regardait la dépouille de sa sœur jumelle quelques minutes. En peu de temps, tout était rentré dans l'ordre. Les Alliégaux avaient bien participés à aider à la délivrance de leurs amis et à neutraliser Togue ainsi que les siens, grâce aux pouvoirs de leurs perles magiques.

Ils furent récompensés par Stacy qui décida de leur offrir ce qu'ils voudraient sur terre ou ailleurs.

Les tatous sur le Royaume Acmé se retrouvèrent libres, les serpents mangeurs de tête disparurent. Les rats esclaves et toutes les autres races purent profiter de la liberté, enfin retrouvée !

Ils retournèrent tous sur ce monde et Stacy, avec l'aide de sa perle, modifia les paysages, tout redevint vert, beau, sain. Le soleil, les petits oiseaux, les papillons, la vie reprenait son cours.

Le Royaume disparût et ils se retrouvèrent dans le monde de Frustrella. Celle-ci avait disparu également laissant place à un immense vide. Elle était une descendante de Togue, elle n'avait donc plus sa place dans les mondes.

Coccinella, Scarabéo et Libellula remercièrent Jouvencette et les aides extérieures pour la délivrance des mondes et notamment la terre.

Stacy pensa à regarder son téléphone et se connecta à une application de réseaux sociaux et put constater que les choses allaient un peu mieux mais n'étaient pas encore rentrer dans l'ordre.

Elle se tourna vers son arrière-grand-mère et lui dit : « Quel est ton idée pour améliorer les réseaux sociaux, maintenant que nous avons régler les problèmes à la source ? »

Jouvencette sourit et dit : « Venez avec moi, j'ai quelque chose à vous montrer ! »

Tous la suivirent avec impatience et ce qu'ils virent leur coupa le souffle. En effet, ils ne s'attendaient pas à cela du tout, cela allait révolutionner la manipulation des réseaux sociaux, ils avaient hâte de le mettre en place !

TOME 4

1

Ils se trouvaient tous face à d'immenses portails toujours colorés avec une grande pancarte indiquant le nom des différents réseaux sociaux.

Jouvencette se retourna vers eux et dit : « Je vous présente les passages aux milles mondes ! C'est par ici que vous pourrez intégrer tous les nouveaux et futurs services de tous les réseaux sociaux existants, afin d'améliorer l'expérience utilisateurs et satisfaire tout le monde ! »

Nao : Pourrons-nous en profiter nous aussi ?

Jouvencette : Bien sûr mon petit.

Nao : Même toi ?

Jouvencette : Oui même moi !

En un clignement d'œil, elle redevint une arrière-grand-mère plus jeune, plus en forme ! Elle ajouta : « Personne ne pourra dire l'âge que j'ai en réalité ! »

Elle fit un large sourire et ajouta : « Suivez-moi ! Que l'aventure commence ! »

Ils la suivirent tous et se retrouvèrent à l'intérieur des paramètres généraux. Il leur suffisait d'appuyer sur un bouton spécifique au réseau social pour faire apparaître les différents services à intégrer dedans.

Jouvencette se tourna vers Stacy et dit : « Alors quelle sera la prochaine nouveauté à intégrer ? »

Stacy : Je ne sais pas encore.

Elle observait tous les boutons, il y avait également accrocher à l'un des tableaux ci-présent, une liste d'attractions plus extraordinaires les unes que les autres.

Son attention s'arrêta sur : « Ajouter la possibilité de passer d'un monde à l'autre : Choix 1 rester sur terre, Choix 2 se balader dans d'autres lieux uniquement si nos sentiments et émotions sont bons, Choix 3 découvrir d'autres mondes fabuleux parallèles. »

Elle répondit à Jouvencette : « Commençons par ce paramètre-là si tu veux bien. »

Jouvencette : Excellent choix ma petite ! Appuie donc sur ce bouton et ce paramètre sera effectif. Ensuite tu appuieras sur le bouton jaune pour afficher la nouveauté sur leur compte.

À chaque fois qu'ils suivront les aventures et autres histoires des personnes qu'ils suivent, s'ils sont bons alors ils pourront découvrir et suivre des aventures passionnantes directement en temps réel. »

Stacy appuya sur l'un et l'autre bouton. Elle ouvrit ensuite son application et put constater que le message apparaissait également sur son écran. Un portail l'attendait à l'entrée de celui dans lequel elle se trouvait déjà et était prêt à l'emmener visiter d'autres lieux charmants et extraordinaire !

Elle referma son application et le portail disparu aussitôt. Nao s'approcha d'elle et lui dit : « Comment les gens pourront-ils revenir chez eux ensuite ? »

Stacy : Tu as raison, je n'avais pas pensé à cela. Je vais ajouter un minuteur. Ainsi, au bout d'un temps bien spécifique, ils retourneront chez eux facilement…

Nao hocha la tête.

Opaline dit : « Et maintenant ? Que vas-tu choisir d'autre ? »

2

Stacy : Maintenant, le but principal des réseaux sociaux ne sera plus d'uniquement suivre la routine des gens mais bien d'apporter une plus-value aux autres, où qu'ils soient et quoi qu'ils fassent. Ainsi, ils auront accès à une multitude d'options qu'ils pourront cocher ou décocher au besoin. Par exemple : une femme qui voudrait proposer un contenu éducatif sur la nutrition aura à sa disposition tous les éléments possibles pour réaliser cela.

Billetinne : Comment par exemple ?

Stacy : Eh bien, elle se retrouvera instantanément dans un lieu dédié à ce qu'elle envisage de proposer, à savoir dans une cuisine professionnelle qui sera parfaitement adaptée à ce qu'elle veut entreprendre de partager au plus grand nombre.

Billettine : Donc, si un homme veut montrer comment se renforcer musculairement, il atterrira dans une salle de sport avec tout le matériel etc. ?

Stacy : Exactement. Ainsi, les personnes qui n'auraient pas la possibilité de proposer du contenu qualitatif parce qu'ils n'ont pas le lieu où le matériel, pourront tout de même bénéficier du meilleur.

Scarabéo : Et celles qui auront les moyens, auront-elles quelque chose en remplacement ?

Stacy : Eh bien, j'estime que pour que les réseaux sociaux fonctionnent du mieux possible, il faut laisser à tous la possibilité de montrer ses capacités. Ceux qui le font déjà montrent l'exemple, c'est pour cela qu'on les appelle d'ailleurs les influenceurs car ils influencent grandement leurs abonnés. Ainsi, ceux qui démarreront plus bas auront cette possibilité-là.

Libellula : Et que comptes tu proposer d'autres ?

Stacy : Les réseaux sociaux sont très souvent envahis de célibataires qui cherchent à trouver quelqu'un. Pour toutes celles et tous ceux qui seraient dans cet optique-là, ils auraient la possibilité de se retrouver dans ce monde-là.

Elle montrait du doigt un point sur une des nombreuses cartes. Ils s'approchèrent et constatèrent que ce monde se nommait Deux.

Puis elle ajouta : « Ils pourront s'y retrouver uniquement s'ils sont sérieux et honnêtes. Pour celles et ceux qui penseraient à mal, ils n'auraient aucune chance d'accéder à aucune de ses possibilités ni option en tout genre.

Nao : C'est super ! Ainsi, vous les filles/femmes ne pourraient plus vous faire embêter à longueur de journée par ce genre de type lourd et insistant. Je trouve l'idée excellente !

Stacy : Merci bien !

Coccinella : Vas-tu rajouter d'autres options encore ?

Stacy : Pour l'instant non. Je trouve que cela fait déjà pas mal de changement pour tout le monde.

La seule chose que je peux te dire, c'est que j'ai créé à l'instant un réseau social pour vous autres également. Ainsi, si vous avez envie de découvrir autre chose, eh bien il suffira de le désirer très fort et pareil que pour les Terriens avec leurs sentiments et émotions, s'ils sont bons, ils auront un temps imparti et reviendront chez eux ensuite. Ainsi, où que nous nous trouvions, chacun de nous pourra voyager à travers le temps, les espaces etc. Alors qu'en dites-vous ?

Nao : C'est dingue tout ce que tu viens d'instaurer. J'ai hâte de voir cela, de le vivre et surtout d'avoir un retour utilisateur le plus tôt possible. Je suis sûr qu'ils ne s'attendront pas du tout à tout cela…

3

Quelques minutes plus tard, ils eurent la visite de plusieurs terriens qui eurent tout le loisir de découvrir et contempler l'endroit dans lequel ils avaient atterri.

Stacy s'approcha et leur dit : « Soyez les bienvenus ! Avez-vous appréciés le voyage ? »

L'un des utilisateurs répondit : « Oui ! C'était très intrigant de voir apparaitre ce portail gigantesque coloré m'attendant. J'ai pu, à loisir profiter des merveilleux paysages et des espaces avec un nombre important d'étoiles filantes passant tout à côté de moi ! Pendant mon voyage, j'ai rencontré cette jeune fille qui s'y trouvait déjà et qui a atterri également auprès de vous. Je ne la connais pas d'avant. Où sommes-nous ? »

Nao : Bienvenue ! Vous avez face à vous, l'initiatrice de ces changements des réseaux sociaux. Vous aurez la possibilité de voyager à travers les temps et les espaces à chaque fois que vous ressentirez des émotions et autres sentiments bons et gentils.

Les autres auront le loisir de se transporter d'un point A à un point B. »

L'homme : Sur terre vous voulez dire ?

Nao hocha la tête.

La jeune fille dit : « Bonjour. »

Nao regarda Jouvencette d'un drôle d'air et attendit. Celle-ci lança : « Que souhaites tu et qu'attends-tu ? »

La fille : Rien. Pourquoi ?

Jouvencette s'approcha et la fixa longuement dans le blanc des yeux. Elle ne clignait plus du tous ses yeux et attendit un moment.

Plus personne ne bougeait, plus personne ne parlait etc.

Jusqu'à ce qu'elle dise : « Je sais d'où tu viens et ce que tu cherches…Tu as dupé le portail mais pas moi… »

4

En entendant ces mots, la jeune fille fit un sourire nerveux et disparut. Jouvencette se contint devant l'homme présent et qui semblait ahuri de ce qu'il venait de se passer. Elle se tourna vers les siens et leur dit : « Continuez sans moi, j'ai des choses à régler ! »

Stacy et Nao voulurent la rejoindre mais elle les stoppa net : « Non, poursuivez votre chemin, ne vous inquiétez pas pour moi ! »

Ils la laissèrent donc retourner à sa grotte et s'occupèrent de cet homme qui se nommait Paul.

Celui-ci discutait avec les trois amis de l'Alliance Fantastique et il semblait beaucoup apprécié le monde dans lequel il avait atterri.

Ils lui firent une visite guidée des lieux et lui expliquèrent et montrèrent tout ce qu'il y avait de plus important à retenir sur ce monde.

Paul semblait halluciné de découvrir autant de merveilles. Car oui, le monde de Jouvencette regorgeait de féérie, de magie. La grotte dans laquelle elle vivait jusque-là n'était autre qu'une cachette pour demeurer incognito mais le reste du monde était peuplé de billes de toutes dimensions et de toutes couleurs. Ces billes se nommaient toutes ensembles les Agatines. Elles ne formaient qu'une seule et même unité et découvraient à leur tour, la puissance de réseaux sociaux et ce que cela procurerait dans leur vie.

Les Agatines vivaient en groupe et mangeaient des Agatodes, des billettes ayant des parfums, goûts et textures jamais imaginés jusque-là. Elles avaient l'habitude de s'entraider et pouvaient soit rouler soit marcher. En effet, elles étaient dotées de petits pieds et petites mains qui leur permettaient de s'occuper et se déplacer plus facilement. Elles préparaient souvent des festivités dans lesquelles elles invitaient les Agatiens qui se trouvaient être les billes mâles que l'on renommaient les Agatiniens tous ensembles. Ces derniers étaient plus grands et plus costauds, plus forts que ces dernières. Ils travaillaient à construire des demeures rondes et confortables pour leurs futures belles. Les deux petites villes étaient côte à côte et les Agatines et Agatiniens se rendaient chaque jour visite. Tout autour d'eux se trouvaient de longues herbes hautes et de multiples insectes colorés inconnus sur terre venaient et s'amusaient avec eux.

Paul demeurait stupéfait par ce qu'il voyait et se retourna vers Libellula et dit : « C'est absolument fantastique ! Ce monde, où nous sommes ! D'autres mondes sont comme ça aussi ? »

Libellula : Oh oui et avec beaucoup d'autres merveilles !

Paul : C'est incroyable ! C'est d'une finesse, d'une élégance, d'une beauté indescriptible ! Il faut vraiment le voir et le vivre pour le croire ! Je suis vraiment très heureux d'avoir pu obtenir ce portail et avoir atterri parmi vous.

Doucella : Si vous l'avez pu c'est que vous aviez et ressentiez les meilleurs sentiments possibles. C'est que vous êtes quelqu'un de bien.

Paul : Merci. Merci à vous Stacy d'avoir ajouté tous ces paramètres, toutes ces options.

Stacy : Avec plaisir, je suis ravie de voir que cela vous plaît, j'espère que cela adoucira grandement votre quotidien, qui je sais n'est pas toujours facile à vivre. Tiens d'ailleurs, j'ai une dernière option à ajouter dans l'immédiat avant de m'absenter quelques temps avec mon cousin ci-présent, Nao.

Elle pointa son doigt dans sa direction. Paul hocha la tête de contentement. Il avait un large sourire qui montait jusqu'aux oreilles.

Stacy accompagné de ses autres amis retourna rapidement dans les paramètres généraux. Elle chercha dans la longue liste qui se trouvait face à elle, ce qu'elle avait en tête et elle finit par le trouver. Elle appuya sur un, puis deux, puis trois boutons simultanément et tous ressentirent un immense tremblement de terre.

Ils s'accrochèrent à ce qu'ils purent et découvrirent un nouveau monde dans le monde où ils étaient qui sortait des entrailles de ce monde et qui les encerclaient tous. Ils ne leur restaient plus qu'à trouver les rouages, les mécanismes pour aller d'un monde à l'autre et continuer de se déplacer où bon leur semble en fonction de leurs sentiments et émotions.

Nao s'approcha de Stacy et lui dit : « Pour retrouver Jouvencette, cela va être plus compliqué maintenant ! »

Stacy : Pas tant que ça, regarde !

Elle montrait du doigt leur arrière-grand-mère en train de réciter des formules magiques en direction de la « jeune fille » et celle-ci de lui renvoyer la balle.

Stacy se concentra très fort quelques minutes et d'un commun accord avec sa perle, fit tomber l'ennemie. Cela révéla en même temps l'identité de cette dernière qui n'était autre que l'épouse maudite de Togue.

Pourquoi maudite ? Parce qu'elle avait tenté d'enfanter à plusieurs reprises, mais ses progénitures mourraient avant de naître. Togue l'avait donc gratifié d'une malédiction et rejetait ensuite. Et elle avait nourri une haine contre Jouvencette qui avait gardé la vraie perle et c'est cela qui avait rendu son époux odieux. Quelle imbécile ! Togue n'avait jamais été gentil et ne l'aurait pas été davantage s'il avait eu la perle, au contraire cela ce serait aggraver.

La perle fit exploser cette dernière et libéra Jouvencette qui ne les avaient pas vu derrière elle.

Le problème était donc enfin régler et cette dernière les remercia puis reprit leurs découvertes comme si de rien était.

Elle dit tout de même : « Comment m'avez-vous trouver ? »

Stacy : J'ai voulu créer et ajouter un monde dédié aux terriens désireux de vivre autrement et de se sentir réellement libre. Un monde différent de la terre où toutes et tous pourraient apprendre à vivre autrement. Le monde s'est mis à trembler et nous en avons découvert un nouveau sortant à l'intérieur même de celui-ci.

Jouvencette : Hum je vois, une fois que nous aurons trouvé comment y accéder, ce monde deviendra ce pour quoi tu l'as fait surgir et créer.

5

Ce monde englobait celui dans lequel ils étaient tous. Paul dit : « Vous avez voulu permettre aux terriens d'habiter dans un monde parallèle afin de vivre plus décemment ? et librement ? »

Stacy : Oui c'est exact. J'ai pensé qu'au vu de ce qui se passe sur terre, avoir une autre possibilité serait la bienvenue ! Cela vous déplaît ?

Paul : Au contraire ! Mais j'avoue que je n'aurai jamais pensé cela possible !

Stacy : Oui ça je veux bien le croire. Allez Paul venez avec nous, nous allons chercher une issue pour détacher ce nouveau monde de celui-ci et vous permettre d'être indépendant.

Paul hocha la tête.

Ils cherchaient activement lorsqu'ils finirent par trouver une faille. Le monde qui les encerclaient semblait transparent mais en réalité ses côtés étaient beige très clair. Il n'y avait, à priori, pas d'habitants dedans, mais des paysages à couper le souffle. Des plaines, forêts, bois, prairies, des lacs, mers, sable multicolore et phosphorescent la nuit, la lune et les étoiles étaient bavards et discutaient ensemble pour faire passer le temps et pouvoir retourner dormir au lever du jour. Lorsque le soleil prenait place, il était grand et s'installait confortablement et il s'étirait longuement ce qui l'amenait à faire percer ses multiples rayons qui finissaient par atteindre toutes les personnes qui se trouvaient dans ce monde. On pouvait y apercevoir des petits animaux et d'autres espèces méconnues des terriens, il y avait des nains de jardin qui vivaient paisiblement avec des lucioles et autres insectes adorables ; il y avait également des toupies grandes et petites, très colorées pour la plupart qui s'amusaient à balancer et faire tournoyer toutes celles et tous ceux qui le voudraient. Il y avait également des pinceaux sur pieds et dotés de mains qui se baladaient un crayon à l'oreille tout en sifflotant un air enjoué et dynamique. On pouvait également y voir des touffes. Ces derniers étaient des poils fins, lisses et attachés solidement à leur base tous ensembles et semblaient toujours disposés à aider à peindre des tableaux magnifiques.

Ils portaient une moustache de la même couleur que leurs poils. Cela aurait pu passer inaperçu mais leur moustache prenait une forme différente en fonction des touffes. Elles étaient donc bien visibles.

Et, au loin nous pouvions apercevoir de petites maisons écologiques et très actuelles pour les futurs terriens qui viendraient et décideraient de s'installer.

Paul était subjugué par ce qu'il voyait. Il finit par dire : « C'est un véritable petit paradis que vous nous avez concocté Stacy ! »

Stacy : Avec plaisir !

Elle souriait. Alors que Grouillot tentait de forcer le passage pour décoller les deux mondes, ils entendirent une voix : « Non ! Ne forcez plus ! Notre monde est disposé ainsi pour protéger tous ceux qui s'y trouvent. Ainsi, pas de mauvaises surprises ! Si vous souhaitez passer d'un monde à l'autre, il vous suffira de dire Sibyllin pour que j'ouvre la grande porte. Bienvenue aux nouveaux habitants ! Vivez en paix parmi nous ! »

Grouillot se tourna vers Paul et lui dit : « Alors tenter de rester ou bien préférez-vous repartir ? »

Paul : Je pense que je vais rester. Je n'ai pas de famille, pas spécialement d'amis. Personne qui m'attends, mes parents ne sont plus de ce monde donc autant rester ici.

Il dit à haute voix le mot de passe et deux grandes portes majestueuses s'ouvrirent. Là, ils se retrouvèrent face à une vue et un accueil spectaculaire !

6

Face à eux se trouvaient un orchestre d'instruments de musique jouant plusieurs petits airs très enjoués et inspirants.

Autour d'eux voletaient des êtres mi papillon mi fée qui entonnaient en chœur : « Bienvenue au premier des terriens ! Une belle et douce famille nous allons former bientôt ! Hourra Hourra ! »

Puis, ils entraînèrent Paul vers les petites habitations écologiques et arrivés devant la porte, tout le monde se tut et ils lui dirent : « Sois le bienvenu dans ton nouveau chez toi, nous serons de gentils voisins et nous serons toujours prêts à aider si besoin ! »

Paul les remercia et s'empressa d'aller serrer dans ses bras, Stacy qui ne s'y attendait pas, il la remercia en chuchotant et partit ouvrir la porte de sa nouvelle demeure. Il écarquilla les yeux, la petite maison devint instantanément immense avec un confort remarquable et tout le nécessaire pour vivre aisément et heureux. Chaque maison avait son espace de vie et son propre jardin avec potager et verger. Les terrains s'élargissaient ou se rétrécissaient en fonction des besoins.

Il fit une visite rapide seul et invita ses nouveaux amis à le rejoindre afin qu'ils visitent également ce nouveau lieu.

Une fois la visite terminée, ils le félicitèrent et lui dirent : « Si vous avez besoin, nous serons dans l'autre monde. Il vous suffira de répéter le mot de passe pour nous rejoindre. Mais sincèrement, nous pensons que vous aurez prochainement de nouveaux voisins terriens. Profitez bien de votre nouvel espace de vie et à très bientôt ! »

Paul les remercia et s'affaira dans sa nouvelle maison. Il n'en revenait toujours pas de n'être plus sur terre et lorsqu'il voulut se connecter à ses réseaux sociaux préférés, il constata que son adresse avait également changé, c'était indiqué : « Monde Évasion, rue du calme en face du grand lac versicolore. »

Il nota l'adresse et le nom du monde et sortit rencontrer ses nouveaux voisins. Un nouveau tournant allait débuter pour lui, ce jour.

7

Pendant ce temps-là, Stacy souhaitait la bienvenue à une dizaine d'autres terriens qui venaient pour découvrir les autres mondes et qui avaient, par la même occasion, l'espoir secret de pouvoir quitter la terre pour d'autres lieux plus paisibles.

Amio avait décidé de soulager Stacy et dispatcha tous les siens vers une tâche bien spécifique afin d'alléger leur cousine et amie. Tous se prêtèrent au jeu. Ainsi, Amio et Grouillot s'affairaient à guider les nouveaux terriens dans le monde Évasion. Doucella, ses parents fantômes, Opaline, Billettine, Géométrika expliquaient le mode de fonctionnement des mondes parallèles dans lesquels ils se trouvaient mais aussi tous ceux qu'ils n'avaient pas encore découverts. Libellula, Scarabéo et Coccinella faisaient les présentations avec les habitants de ces mondes, un échange de culture, d'apprentissage, de respect et de tolérance de l'autre. Stacy, Nao, Jouvencette continuaient de les accueillir avec bonne humeur et sourires.

Chacun avait donc sa fonction et tout semblait bien aller. Au bout de deux heures et demie, ils avaient conduits tous ces nouveaux habitants auprès de Paul qui s'empressa de leur faire découvrir l'endroit fabuleux dont ils avaient hérité en quittant la terre.

Paul s'était naturellement proposé à faire la visite guidée des lieux. Il n'était à présent plus seul du tout, ils devaient être une petite vingtaine facilement.

Stacy remercia les siens et ils reprirent les recherches pour tenter de trouver un passage menant à l'extérieur du monde Évasion et ainsi retrouver le monde de Jouvencette. Stacy eut l'idée d'ouvrir une application de réseau social et un portail apparût. À l'intérieur de celui-ci, elle entendit une voix lui dire : « Eh Stacy ! Je suis là ! Tu me vois ? »

Stacy : Non où es-tu ?

La voix : Je suis là devant toi !

Stacy regarda Nao et ils observèrent bien l'endroit. La seule chose qu'elle vit était un petit cailloux. Elle le prit dans la main et il lui dit : « Merci de m'avoir ramasser ! Je viens de loin, peux-tu m'aider à retourner auprès des miens ? »

8

Stacy : Mais d'où viens-tu ?

Le caillou se nommait Sabloni. Il venait d'un autre monde, loin, très loin.

Sabloni : Je n'étais pas un caillou au début, je le suis devenu. J'ai fait en sorte de me coller à d'autres petits grains de sable afin de pouvoir être remarquer. Mais je suis un tout petit grain de sable au départ.

Stacy : Eh bien, tu as eu une bonne idée de te grossir. Je ne t'aurais certainement pas vu sinon. Viens avec moi, dans ma poche en attendant que je trouve comment te renvoyer chez toi.

Il hocha la tête et elle le mit dans la poche de son chemisier. Il ressortit la tête et put à loisir contempler les lieux, en silence.

Nao s'approcha de sa cousine et lui dit : « Ne trouves-tu pas cela étrange qu'un grain de sable soit seul ici après ce qu'il vient de se passer ? »

Stacy : Comment ça ?

Nao : Eh bien, je me méfie. Si ça se trouve c'est un parent de Togue. Un espion.

Stacy : C'est un grain de sable voyons. Tout va bien.

Nao : Je le surveillerai quand même, pour le cas où.

Stacy ne lui répondit rien. Elle se tourna vers les siens et rétorqua : « J'ai trouvé la délimitation entre les deux mondes. Venez voir ! »

En effet, il leur suffisait de relever une petite partie du monde pour atterrir dans le précédent. Ils enregistrèrent bien l'emplacement et retrouvèrent leur premier monde. Ils venaient de se rendre compte qu'un nouveau monde été apparu comme le précédent et qu'ils ne se trouvaient toujours pas sur le monde de Jouvencette.

Stacy qui voulait retourner aux paramètres généraux pour modifier certaines choses ne le put donc pas immédiatement, il lui fallut encore quelques heures supplémentaires avant de trouver comment rejoindre ce monde. À chaque fois qu'ils se croyaient sorti d'affaire, ils étaient en réalité toujours entourés d'un nouveau monde. C'était à en devenir fou ! Elle sortit son téléphone et ouvrit une application de réseaux sociaux, un portail apparût, elle le prit ainsi que tous les siens. Le portail n'aspira qu'elle. Mais que se passait il encore ? Pourquoi tant de difficultés et de problèmes ? Était-ce en lien avec ce grain de sable ?

Elle devait tirer cela au clair le plus vite possible. Elle, qui maintenant se trouvait à nouveau dans les paramètres généraux, elle avait face à elle, une vue pour la moins déconcertante !

9

Elle sortit rapidement et compta à plusieurs reprises avec ses doigts. Mais que faisait-elle ? Elle semblait extrêmement embêtée par la situation et ne parvenait pas à comprendre ce qu'il se passait. Au bout d'un moment, elle entendit : « Stacy, je dois t'avouer quelque chose ! »

Stacy qui était perdue dans ses pensées, en sortit et dit : « Oui qu'y a-t-il ? »

Sabloni : « Je ne t'ai pas tout dit sur moi… »

Stacy : Je t'écoute !

Sabloni : Voilà, je suis un des éléments qui a engendré tous ces changements…

Stacy : Je ne suis pas sûre de comprendre, peux-tu m'expliquer s'il-te-plaît ?

Sabloni : Je suis le rouage principal qui maintenait tous les mondes à égales distances et c'est mon équipe et moi-même qui faisions en sorte de garder les mondes à bonne distance du soleil. Car sans nous, les mondes auraient déjà explosés.

Stacy l'écoutait sans dire un mot. Elle réfléchissait. Sa perle aux milles pouvoirs lui dit par transmission de pensées qu'il mentait et qu'il était de la famille de Togue. Il était un frère d'Amio. Il n'était pas présent le jour de la vengeance et venait à son tour pour se venger.

Stacy savait ce qu'il lui restait à faire. Elle se concentra quelques instants et fit en sorte que cet ennemi de Jouvencette, disparaisse à tout jamais grâce à sa perle.

Ce qu'elle ne savait pas en revanche, c'est que le vrai Sabloni existait et que cet imposteur avait voulu se faire passer pour lui. Il avait été retiré de ses rouages pour provoquer un grave dysfonctionnement des mondes. Le pauvre était mal en point, il se trouvait avec ses deux autres amis juste devant l'entrée des paramètres généraux.

Il appela Stacy. Celle-ci ne l'entendit pas. Il ne pouvait pas bouger car lors de la projection hors des rouages, il s'était abîmé les côtés et le fait d'avancer ou de bouger le faisait souffrir. Ce qu'il lui fallait à présent, c'était de retrouver sa liberté, tant espérée.

Il cria aussi fort qu'il put et la perle prévint sa propriétaire de sa présence.

Stacy s'approcha donc et l'attrapa. Dans sa main, elle constata qu'il était vraiment minuscule. Elle finit par lui dire : « Je sens que tu es le vrai rouage. Peux-tu remédier à cette situation ? »

Sabloni : Je le pourrais mais je ne le veux plus. Depuis la création des mondes, nous faisons cela, on ne nous a pas demandé notre avis et je vois cette occasion-ci comme une chance. Aide-moi, aide-nous à retrouver notre liberté ! Tu es la seule à pouvoir nous la rendre, je t'en prie !

Stacy lui dit : « Je ne sais pas comment je vais faire. Mais je vais essayer. »

10

Elle attrapa Sabloni et le glissa dans sa poche, avec ses deux amis.

Elle retourna dans les paramètres généraux et chercha dans tous les recoins, une solution à ce problème.

Pendant ce temps, le reste des membres de sa famille se trouvait toujours au même endroit. Ils avaient même été obligés de retourner auprès de Paul et tous les nouveaux terriens car ils avaient constaté que toutes les issues existantes précédentes avaient totalement disparues. Étonnamment la magie de Jouvencette ne fonctionnait plus et cela la faisait enrager totalement, elle persistait malgré tout. Elle devait parvenir à ses fins, quoiqu'il arrive.

Nao, quant à lui, était inquiet pour sa cousine. Il se creusait la tête pour trouver une vraie bonne idée pour la retrouver mais rien, sa tête était vide.

Il restait convaincu que cet amas de grain de sable était à l'origine de ce capharnaüm géant.

Il alla voir son arrière-grand-mère et lui dit : « Tout s'est déréglé avec la venue de Sabloni. Nous devons absolument la retrouver. Je m'inquiète vraiment pour elle. »

Jouvencette : Je sais mon petit, j'ai enfin trouvé une formule magique qui va me permettre de la rejoindre là où elle se trouve.

Nao : Je viens avec toi.

Jouvencette : D'accord, allons prévenir les autres.

11

De là où ils se trouvaient tous, aucun ne pouvait distinguer quoi que ce soit de ce qu'il se passait à l'extérieur. S'ils s'étaient doutés, ne serait-ce qu'une petite minute, qu'ils étaient encerclés par un nombre incalculable de mondes différents, ils se sentiraient certainement désolés.

Jouvencette et Nao se trouvaient à présent au milieu d'eux et expliquaient leur future démarche concernant Stacy.

Coccinella, Scarabéo et Libellula voulurent les suivre mais ils refusèrent, rétorquant que cela risquait d'être dangereux et tout un tas de réponses à dormir debout. Doucella dit alors : « Vous ne pouvez pas partir, Stacy n'est pas seule, elle a sa perle aux milles pouvoirs. Elle ne risque rien, en revanche nous ne sommes au courant de rien concernant l'extérieur. Si la magie de Jouvencette ne fonctionne pas, la mienne ainsi que celle de Grouillot, Amio et même mes parents, c'est qu'il y a une raison. Je suis convaincue que c'est pour une bonne raison. Nous devons sans doute faire front de notre côté, je suis sûre que Stacy va bien. »

Nao : Je n'en suis pas aussi sûr que toi. Je suis certain que cet amas de cailloux est la source de notre séparation. Je ne le sentais pas et j'aurai dû l'empêcher de le garder…

Jouvencette avait écouté les siens et finit par lâcher : « Ils ont raison, Stacy doit bien aller. Cela ne peut se faire autrement. Faisons lui confiance. Elle a la perle aux milles pouvoirs, ensemble elles s'en sortiront. »

Nao : Attends, même toi tu l'abandonnes ?

Jouvencette : Du tout mais nous devons nous aussi trouver une solution pour sortir d'ici. Nous ne sommes plus seuls, il y a les Terriens. Nous leur devons notre présence.

Nao n'en revenait pas, il se demandait même s'il parlait bien avec son arrière-grand-mère. Il rétorqua alors : « Prouve-moi que c'est bien toi ! »

Jouvencette : Je n'ai aucune preuve à te donner. Je sais que tu t'inquiètes pour ta cousine mais tout ira bien pour elle.

Nao leva les yeux au ciel et s'éloigna un peu de ces derniers, il pensait fort à Stacy. Il parvint à ressentir sa présence ou du moins il en avait l'impression.

Après quelques minutes, Stacy eut la sensation que Nao se trouvait près d'elle. Elle se tenait contre la façade du monde dans lequel elle se trouvait bloquer et elle cherchait une issue en hauteur. Les mondes étaient tous immenses, plusieurs centaines de kilomètres de hauteur. On avait l'impression que la délimitation ne serait jamais trouvée. Pourtant, Stacy transformé en pivert avait réussi à voler jusqu'en haut et cherchait une issue. N'en trouvant aucune, elle se mit à taper du bec contre la paroi transparente. Après plusieurs coups, elle put se faufiler vers l'un des nombreux mondes parallèles, elle pensait vraiment pouvoir recommencer les mêmes gestes jusqu'à retrouver les siens, puis débloquer les différents mondes au fur et à mesure. Mais elle se retrouva face à de multiples trous béants menant nulle part. C'était un entre deux monde et il semblait qu'il y en avait d'autres à chaque nouvelle sortie qu'elle créait. Qu'est-ce que cela faisait là ? Que signifiait tout ceci ? Que devait-elle faire ?

12

Elle voulut opérer un demi-tour mais lorsqu'elle voulut reprendre son passage, elle ne le put pas. Elle fut bloquer dans cet entredeux.

Elle se concentra quelques minutes et put, grâce à sa perle, apprendre que ses trois trous béants et géants menaient bien quelque part. Il ne lui restait plus qu'à en emprunter un pour voir où cela la mènerait.

Sabloni lui dit : « Je vois bien comment c'est difficile depuis que nous ne sommes plus à notre place. J'en suis navré pour toi, pour les tiens desquels tu as été séparés. »

Stacy : Tu n'as pas changé d'avis ?

Sabloni : Non, je suis désolé mais nous ne pouvons plus tenir ce rôle-là.

Stacy soupira et acquiesça. Cela ne l'arrangeait pas mais elle comprenait aussi parfaitement cette décision.

Elle observait les alentours, rien n'apparaissait d'autres que ces gigantesques trous. Ils lui donnaient l'impression qu'elle allait éternellement tomber, sans issue finale.

Elle prit sur elle et tout en répétant un décompte dans sa tête, elle sauta.

Elle se retrouva nez à nez avec tout pleins de clous hurlant à la mort. Ces derniers étaient rouillés, tordus, grimaçants. Elle se demandait vraiment ce qu'ils faisaient là, elle avait l'impression qu'ils s'y trouvaient depuis des années.

Au bout d'un temps qui lui parut vraiment très long, elle finit par tomber sur un monde tout plat, avec une route toute cabossée et tout pleins de sable, de grains de poussière.

Sabloni se redressa à l'intérieur de sa poche et s'exclama : « Merci Stacy, je suis enfin chez moi ! Mais mon monde a vraiment beaucoup changé ! C'est à peine si je le reconnais. »

Stacy : As-tu de la famille ?

Sabloni : Oui mais je ne sais pas s'ils sont toujours en vie. Permets-moi de descendre et de fouler ma terre, enfin ?

Stacy hocha la tête. Elle le déposa ainsi que ses amis au sol et ces derniers humèrent l'air, sans dire un mot.

Puis, au loin, ils aperçurent un Bourbillon géant avec une couronne sur la tête, donnant des ordres et exécutant les grains de sable n'obéissant pas assez vite à son goût.

Sabloni et ses amis se tournèrent vers Stacy et la supplièrent de sauver les leurs. Une nouvelle tâche périlleuse l'attendait à nouveau.

Tome 5

1

Le roi Bourbillon se trouvait au loin de ce monde plat et tortueux. Il était immense, rouillé, grincheux. On pouvait l'entendre se plaindre, se lamenter de la lenteur de ses esclaves. Parmi eux, la famille de Sabloni. Ils étaient bien mal en point, ils semblaient épuisés et sur le point de céder.

Sabloni était décomposé, il n'avait pas revu les siens depuis des centaines d'années, peut-être plus. Jamais, il ne se serait douté que son monde, sa famille s'était retrouvé sous le joug d'un monstrueux pique.

Tous les clous qu'ils avaient vu dans ce trou béant et géant devaient donc être des punis, des condamnés de ce roi fou furieux, ils devaient errer depuis longtemps dans cet affreux endroit. Leur sentence étant d'y demeurer pour l'éternité. Ce roi Bourbillon était donc sans pitié aucune et tenait en esclavage le monde de Sabloni, qui se nommait Erg.

Stacy, d'un commun accord avec sa perle, devint invisible et tout en attrapant Sabloni et ses deux amis, s'approcha doucement mais surement vers ce lieu maudit.

Elle faisait particulièrement attention là où elle mettait les pieds, les grains de sable pris au piège de ce pseudo roi, étaient tous aussi petits que Sabloni. Ils étaient dotés de minuscule petits pieds et petites mains dépassant à peine de leur corps. Certains portaient des lunettes, d'autres des chapeaux, des vêtements, des rubans, des canes pour les plus âgés. Leur couleur variait mais ils étaient principalement beige clair, parfois l'on en apercevait plus bruns, plus blanc, plus roux, plus doré. Ils formaient une seule et même grande famille, jadis ils étaient respectés par tous les mondes alentours, toujours prêts à aider, à offrir et à soutenir leurs voisins ou tout autre visiteur les rencontrant pour la première fois.

La famille de Sabloni étant l'une des plus importante d'Erg. Ce dernier pouvait d'ailleurs constater qu'ils étaient toujours en vie, depuis tout ce temps, il apercevait Sablonette, sa sœur, Sablona, sa mère, Sablono, son père, Sablonetto, son frère, Sablonietto, son neveu, Sablonietta, sa nièce. Et certains qu'il ne connaissait pas devaient être des neveux et nièces. À cet instant précis, il aurait tout donné pour les serrer contre lui. Mais voilà, ces derniers se trouvaient enchaînés et torturés par le roi Bourbillon et ses sbires.

La perle aux milles pouvoirs se synchronisait avec Stacy et sans avoir besoin de se consulter, elles libérèrent les habitants de ce monde singulier. Parmi eux, la famille de Sabloni qui ne comprirent pas comment c'était possible. Sabloni les appela depuis la poche de Stacy et leur dit : « Nous sommes de retour, suivez tout ce qui se passe, nous allons vous libérer de là ! »

Sablona cru faire un arrêt cardiaque en revoyant son fils disparu, elle s'assit une minute et regarda Sablono qui lui confirma ce qu'elle venait de voir.

Sabloni, leur fils aîné était de retour, ils ne pensaient pas le revoir un jour. Ils se demandaient à présent qui était avec leur fils et comment ils les avaient libérer.

En effet, Stacy était toujours invisible. Elle était d'ailleurs face au roi Bourbillon qui se trouvait affalé sur son trône, à ricaner seul, tel un imbécile, sans aucune raison apparente. Elle s'approcha et posa sa main tout doucement vers la chevelure dégarnie de ce dernier, la perle trembla un instant et protégea ensuite Stacy, le roi se mit à hurler, puis à se lever et à fondre sur place devant tous les Ergons présents. Les Ergons étaient le nom donné pour les habitants d'Erg. Le roi Bourbillon eut le temps de dire : « Je reviendrai ! »

Stacy se montra alors et rétorqua : « J'en doute, vous allez vous retrouvez dans l'un de vos propre châtiment. Ces trous géants et béants, vous ne vous reconstituerez jamais, vous demeurerez flasque et sans aucun intérêt. Vos prisonniers se feront une joie de s'occuper de vous, j'en suis persuadée ! Bon vent et à jamais ! »

Dès lors, le roi Bourbillon fut aspirer dans les trous béants, il n'en ressortit plus jamais et fut extrêmement bien reçu par ses prisonniers qui ne manquèrent pas de se venger. Au même moment, tous les sbires de ce dernier, fondirent à leur tour et disparurent instantanément. Sabloni sauta et couru vers les siens pour les embrasser. Ses deux autres amis également. Puis, après maintes embrassades, ils revinrent vers Stacy qui les regardaient en souriant, ils firent les présentations : « Stacy, je te présente ma famille. »

Se tournant vers ces derniers, il ajouta : « Maman, Papa, c'est grâce à la générosité et la gentillesse de Stacy que j'ai pu quitter mon poste de rouage pour revenir chez nous. »

Sablona : Vous avez sauvé notre fils, comment vous remercier ?

Stacy : Avec plaisir, il est très agréable. Cela dit, si vous avez une idée pour débloquer les mondes et les replaçaient à leur endroit, je suis preneuse.

Sabloni : Je suis vraiment désolé d'avoir été éjecté des rouages. Et de t'avoir ensuite demandé de me sauver et de me ramener près des miens, aujourd'hui, tu es dans l'embarras.

Stacy : Je suis contente que tu aies retrouvé ta famille, personne ne mérite d'être séparé aussi longtemps, surtout dans des circonstances atroces. Mais si tu as une idée pour rétablir les mondes, je suis preneuse.

Sablona : Tu dois l'aider ! Tu dois absolument l'aider, réfléchis mon fils, nous serons toujours là et nous t'attendrons avec impatience, maintenant que nous t'avons retrouver une fois, nous savons que tu reviendras.

Sabloni : Tu sous-entends que je vous quitte pour l'aider à régler ce problème ? Non, maman, je ne veux plus vous quitter.

Sablono : Ecoute ta mère, elle sait que tu reviendras. Tu ne peux pas abandonner ton amie. Elle a besoin de ton aide, de tes connaissances. La perle et Stacy les écoutaient tout en s'éloignant, elle avait aperçu une chose qui l'avait attiré.

Arrivée devant, elle en fit le tour. Elle se pencha un peu pour regarder l'intérieur et glissa, elle se retrouva dans un conduit noir et rempli de poussière d'étoile. Ces dernières lui dirent : « Sois la bienvenue Stacy, nous t'attendions ! »

2

Stacy : Vous me connaissez ?

Les poussières d'étoiles lui répondirent : « Bien entendu, tu es la détentrice de la perle aux milles pouvoirs. Chaque monde, chaque galaxie te connait. Et sais-tu pourquoi ? »

Stacy fit non de la tête. Les poussières d'étoiles reprirent : « Tout simplement parce que lorsque ton arrière-grand-mère Jouvencette faisait ses recherches et qu'elle est tombée sur la perle, ce qu'elle ne savait pas, c'est que celle-ci venait d'ici. Regarde où nous sommes. Tout est noir mais regarde bien, vois au-delà de ta première vision. Concentre-toi et tu verras apparaître ce que tu dois voir. »

Stacy se concentrait, fermait les yeux et lorsqu'elle les rouvrit, elle ne vit rien puis en insistant bien, tout un univers apparût devant elle. Elle écarquilla ses yeux et laissa échapper un « waouh ».

Elle n'avait jamais rien vu de pareil. Jamais dans ses rêves les plus fous, elle n'aurait pensé assister à de telles merveilles. Elle se rendait compte de la chance qu'elle avait.

Elle souriait. Face à elle, des milliers d'étoiles brillantes et lumineuses à souhait.

Les poussières d'étoiles lui dirent alors : « Ta perle est un amas de chacune d'entre nous, un petit peu de nous toutes. Un petit peu de pierres semi-précieuses, de sable, de grains de vie partout et aussi la Terre. Ta perle est vivante, dotée de capacités infinies et merveilleuses. Ta perle est capable de redonner le souffle de vie à ceux qui en ont besoin et d'apporter la lumière dans l'obscurité. Dans l'ombre grandissante des mondes. Dont la Terre. Ta perle est un don rare et tu en as héritée. Tu la mérite et nous sommes heureuses que tu l'ai en ta possession. Ta perle se nomme Phénixa et ne peut mourir. Elle et toi ne faites qu'une personne, une même âme. Vous avez fusionnées et personne d'autre n'aurait pu y parvenir. D'ailleurs, si Jouvencette n'avait pas été correcte, elle n'aurait jamais pu la trouver. Mais tu étais destinée à recevoir ce cadeau du ciel. Prends en soin. Maintenant, donne-nous la main, nous devons te mener quelque part. »

Stacy n'en revenait pas de tout ce qu'était Phénixa sa perle et connaître enfin son origine. Elle tendit la main aux poussières d'étoiles et se sentit voler. Elles atterrirent sur un immense anneau jaune orangé qui tournait dans un sens bien spécifique, lentement mais sûrement. Elle se rendit compte qu'elle se trouvait sur l'une des planètes de la galaxie. Elle ressemblait à Saturne avec ses anneaux mais ce n'était pas la même planète. Elle n'était pas sur la terre, elle était dans une galaxie parallèle. C'était très impressionnant ! Elle était soufflée, elle observait tout ce nouvel environnement. Elle touchait sa perle qui se trouvait derrière son oreille. Celle-ci lui fit sentir son contentement.

Stacy se sentait chez elle, sans doute à cause de Phénixa. Bref, l'anneau se détacha de la planète à laquelle il était rattaché et se mit à surfer-voler entre toutes les autres planètes et a salué les étoiles qui discutaient entre elles. À chaque fois que l'une d'elles réalisaient qui se trouvait dessus, elles les suivaient.

Au bout d'un temps indéterminé, l'anneau s'arrêta et s'inclina pour laisser glisser les poussières d'étoiles et Stacy.

Ces dernières prirent sa main et l'entrainèrent sur une glissade de quelques mètres plus bas. Elles se retrouvèrent face à la Reine Perséide.

3

Cette dernière était très impressionnante, elle avait une traînée d'étoiles telle une robe de mariée avec traîne. Elle était très lumineuse et brillante, c'était une reine respectable et fière.

Stacy ne savait pas ce qu'elle devait faire, elle fit la révérence et les poussières d'étoiles la relevèrent, elles lui dirent : « Approche toi, ne crains rien ! »

Elle fit quelques pas et attendit. Puis elle entendit une voix inconnue mais qui lui parut pour autant très familière. Elle ne comprit pas immédiatement. Et lorsqu'elle réalisa, elle demeura bouche bée. Phénixa rendait son rapport. Elle parlait donc aussi et après avoir terminé avec la Reine

Perséide, elle dit tout bas à Stacy : « Je devais attendre de rencontrer la Reine pour pouvoir communiquer avec toi. Ainsi, même seule, tu ne le seras plus vraiment. »

Stacy hocha la tête. Elle lui passa la main dessus et celle-ci poussa un petit soupir de satisfaction.

La reine Perséide descendit une marche et tendit un bras d'étoiles vers Stacy qui l'attrapa et en un clignement d'œil à peine, elles se retrouvèrent dans une autre dimension. Stacy se trouvait toujours au même endroit, dans l'immense palais de la Reine, mais dans l'envers. Imaginez-vous une carte pile et face, devant-derrière, et bien là c'était pareil. Il y avait donc un côté pile et elles se trouvaient à présent côté face. Tout était identique mais elle avait un autre point de vue. Elles avaient face à elle tous les mondes dont la Terre, le monde où se trouvait également les siens avec les nouveaux terriens et une ombre les recouvrant petit à petit. Qu'était cette ombre ? D'où venait elle ? Il était évident qu'elle allait apporter le malheur et les drames. Mais pourquoi ?

Stacy dit alors : « Ma reine, puis-je vous demander ce qu'est cette ombre qui plane au-dessus des mondes ? »

La reine Perséide : Cette ombre est la menace la plus terrifiante, la plus terrible qui n'a jamais existé nulle part. Et tu es et seras la seule à pouvoir l'anéantir avec l'aide de Phénixa.

Stacy : Mais d'où vient-elle ?

La reine Perséide : Elle vient des profondeurs de la nuit. Elle est issue de la colère refoulée, des émotions et sentiments négatifs des habitants des mondes, elle s'en nourrit, elle se renforce et maintenant qu'elle a pris autant d'ampleur, elle souhaite déverser son trop-plein négatif sur les mondes afin de les perdre et qu'elle puisse prendre le contrôle partout et pour toujours.

Stacy : Mais de quoi est-elle composée ?

La reine Perséide : D'étoiles mortes, d'astres rebelles notamment. Je l'ai retenu aussi longtemps que possible mais n'y parvenant plus, nous avons accéléré les choses afin de finir par te ramener ici auprès de nous. Phénixa devait nous rendre des comptes sur son parcours et tes capacités. Cela dépasse nos espoirs. Nous te confions la mission la plus périlleuse, la plus délicate et la plus importante qui soit. Sauver les mondes !

Stacy : Mais comment vais-je faire ?

La reine Perséide : Tu recevras un anneau bien particulier. Celui qui appartenait à cette ombre avant qu'elle ne dérive.

Stacy : C'était donc une planète ?

Phénixa : Oui mais pas uniquement. C'était un mélange de tout ça, comme te l'a expliqué la reine.

La reine Perséide lui tendit l'anneau. Ce dernier était immense. Dès que Stacy le toucha, il diminua de taille et put même se cacher dans l'une des poches de cette dernière.

Il lui dit : « Allons détruire Poison avant qu'il ne soit trop tard ! »

La reine Perséide l'attrapa et la ramena sur le côté pile, elle retrouva alors les poussières d'étoiles.

Elle eut juste le temps de dire : « Les mondes ne se rendent pas compte de ce qu'il se passe ? »

Les poussières d'étoiles firent non de la tête. Stacy souffla un coup, elle ajouta : « Et les réseaux sociaux fonctionnent-ils toujours ? »

La reine Perséide : Oui mais la haine l'emporte sur tout le reste. Les paramètres généraux que tu avais établi ne fonctionnent plus. Il te faudra détruire Poison pour que tout rentre dans l'ordre une bonne fois pour toute.

Au nom de toutes les étoiles, planètes, astéroïdes, astres, étoiles filantes, nous te souhaitons une victoire écrasante contre l'ennemi des mondes. Elle n'eut pas le temps de répondre, qu'elle se trouvait à nouveau devant l'entrée des paramètres généraux.

4

Elle rentra dans les paramètres généraux et alluma toutes les caméras de surveillance. Elle se remémorait la vue qu'elle avait eu auprès de la Reine Perséide. Cette ombre grandissante qui planait au-dessus des mondes, elle la cherchait partout, en vain. Comment pouvait-elle passer inaperçue ?

Alors qu'elle réfléchissait, elle entendit deux voix distinctes l'appelaient : « Stacy ! Stacy ! »

Elle finit par répondre : « Oui ? »

L'anneau se nommait Annelet. Il prit la parole le premier : « Stacy, sors de tes pensées, je vais t'expliquer pourquoi il n'est pas visible ! »

Stacy : Je t'écoute.

Annelet : Tout simplement parce que c'était moi qui lui permettait de l'être, à une autre époque. À présent que l'on est séparés, il ne peut plus être visible et cela l'arrange. Ainsi, il profitera d'une prochaine occasion pour attaquer en force et que personne n'ait le temps de rien. Il veut installer le chaos dans les mondes, il est chargé à bloc d'énergie négative, ainsi il n'a en tête que de perdre les mondes.

Stacy : Et toi ? Pourquoi ne l'as-tu pas suivi ?

Annelet : Parce que c'est une folie. Normalement, nous ne formons qu'une seule et même entité mais je me suis littéralement coupé de lui et est demandé de l'aide à la Reine Perséide. Je ne sais pas si tu es au courant, mais il n'y a pas trente-six solutions pour le vaincre, tu vas devoir être plus forte et intelligente que lui. Il est chargé en négatif, tu dois l'être en positif suffisamment pour pouvoir le vaincre, il te testera, tentera de t'éliminer, il ira jusqu'au bout. Mais ne t'inquiète pas, tu nous as nous moi, Annelet et Phénixa, ta perle donc tout ira bien.

Stacy : Je te remercie pour toutes ces explications. Maintenant je me demande comment vais-je bien pouvoir le rejoindre. Quand je pense qu'il a déréglé tous mes paramètres et que c'est entre autres à cause de lui que les mondes sont tels qu'ils sont…

Elle souffla un coup.

Elle rappuya sur tous les boutons du lieu dans lequel elle se trouvait et sortit. De là, elle aperçut un peu en arrière, de gigantesques coquillages, leur intérieur étant formé d'alvéoles, tel un escalier en colimaçon, elle en emprunta un et dû monter les marches de ces différents coquillages afin de rejoindre, elle l'espérait, Poison.

5

Stacy se trouvait à peu près au milieu de ce coquillage géant et faisait une pause pour respirer tranquillement. Elle avait perdu son souffle et comptait mentalement combien environ elle avait franchi de marches, cela faisait aux alentours de deux cent cinquante marches, elle n'était pas très sportive mais pratiquait sur terre, de la course à pied deux fois par semaine. Cela l'avait bien aidé à grimper jusque-là. Elle pensait aux siens et espérait grandement qu'ils allaient bien.

Après cinq minutes de répit, elle reprit son ascension. Elle montait toujours plus haut. Au douzième palier, elle souffla un peu et observa les alentours. Tout commençait à devenir sombre. Elle approchait donc du but. Elle voulut poursuivre mais Annelet et Phénixa lui dirent : « Attends, nous allons devenir invisibles. S'il sent et constate qu'il n'est pas seul, il t'empêchera d'aller jusqu'à lui et il déversera son trop-plein partout. »

Stacy hocha la tête, se rendit invisible avec l'aide de sa perle et poursuivit son chemin. Une demi-heure plus tard, elle se trouvait au palier trente-six.

Elle souffla un peu et reprit. Arrivée au quarante-deuxième, les marches se mirent à trembler. Elle se transforma en pivert afin de ne pas se faire remarquer. Elle pensait que les coquillages n'étaient qu'un moyen de se déplacer mais ils semblaient être vivants et avaient un parti prit pour Poison. Il avait donc déjà des fidèles, il était temps qu'on le stoppe avant qu'il ne soit trop tard.

Elle vola et sauta marches après marches afin de se reposer les ailes. Elle finit par se trouver à un croisement. Là, se posait une question de la plus haute importance, quel chemin, quel accès la mènerait rapidement et directement sur Poison. Annelet lui souffla : « Prends sur la gauche, puis va tout droit jusqu'à ce que tu sentes des énergies négatives, reprends encore sur la gauche et enfin bifurque sur l'extrême droite. Je le sens tout proche. Je suis convaincu qu'il n'est pas si loin que ça.

Stacy obéit sur le champs. Elle prit la route indiquée et se retrouva face à deux Brouillaminis, l'air hargneux et haineux. Ils se tenaient en travers de son chemin et dès qu'ils sentirent un intrus près d'eux, ils devinrent extrêmement irritables, nerveux. La partie n'allait pas être de tout repos.

6

Elle s'avança aussi doucement et silencieusement que possible. Elle tentait d'esquiver ces deux Brouillaminis qui semblaient bien gauches. Tant mieux, cela l'arrangeait. Ils perdaient clairement leurs moyens lorsqu'ils devenaient nerveux. Elle décida de les ignorer et poursuivit sa route. Elle avait un objectif bien spécifique et elle n'avait pas l'intention de perdre du temps.

Elle arriva à un autre carrefour, elle interrogea Annelet et Phénixa qui l'incitèrent à poursuivre sur la gauche et ensuite continuer tout droit. Elle hocha la tête et continua son chemin. Plus elle avançait plus elle se sentait malade, mal à l'aise, nostalgique, énervée, mécontente, triste, frustrée, un trop-plein d'émotions et d'énergies négatives. C'était le signe qu'elle était tout proche de Poison. Après avoir grimper toutes ces marches, avoir déjouer les menaces des Brouillaminis, avoir ressentie tout un tas de sentiments, ressentis et émotions négatives, elle se retrouvait enfin face à une porte.

Elle regarda partout autour d'elle, elle constata que tout était calme. Elle se rappelait cet adage « le calme avant la tempête », c'était exactement cela. Elle posa son oreille sur cette porte pour voir si elle entendrait quelque chose. Mais rien. Elle n'entendit rien. C'était silencieux, désertique.

Elle respira un bon coup et l'ouvrit sans trop y penser. Elle se retrouva face à de merveilleuses galaxies remplies d'étoiles, étoiles filantes, des planètes, des astres, le soleil et la lune jouant à cache-cache. Elle allait refermer mais Annelet lui dit : « Non surtout pas, c'est un piège qu'il te tend. Il a senti ta présence, il sait que tu as la perle, Phénixa, il est en rogne contre lui-même car il pense qu'il aurait pu t'éliminer avant grâce à toute la négativité qu'il a accumulé ; il craint à présent, sans trop se l'avouer, qu'il n'a plus le temps d'agir comme il le voulait au départ. En fait, il ressent ma présence également et cela lui fait peur car il sait que je suis tout aussi fort que lui.

Alors ne bouge pas, nous allons t'indiquer la marche à suivre. Déjà comment te sens-tu immédiatement ? »

Stacy : À vrai dire, pas très bien. Je me sens mal. Cela faisait longtemps que je ne m'étais pas sentie ainsi.

Annelet : Oui il amplifie ces ressentis pour se débarrasser de toi au plus vite. Il veut te faire douter.

Phénixa : Stacy, que comptes-tu faire à présent ?

Stacy : Je ne sais pas quoi répondre à cette question. Je me sens tellement mal, tellement faible.

Alors qu'elle se laissa tomber par terre, elle entendit un terrible grondement puis un rire à glacer le sang. Elle ne comprenait pas ce qu'il lui arrivait, elle était pourtant issue d'une famille de magicien, son arrière-grand-mère l'était, lui avait fait don de sa perle et elle se trouvait dans ces mondes parallèles depuis de nombreux mois, elle avait pu découvrir des endroits merveilleux, des personnes formidables. Et elle se trouvait là, faible et sans aucune force, quasi à l'agonie. Elle voulut se relever mais n'y parvint pas. Elle demeurait toujours à l'entrée de cet endroit, au pieds de Poison qui la manipulait autant que possible. Annelet dit alors à Phénixa : « Il est très fort, il s'est tellement renforcer qu'il a presque atteint son but.

Mais nous devons aider Stacy à se reprendre. Tu es avec elle depuis plus longtemps que moi. Que doit-on faire pour l'aider à se relever et le combattre ensuite ? »

Phénixa : Elle n'aura pas besoin de le combattre, ni nous non plus. Il n'y a qu'une seule et unique chose à faire, qu'elle cumule toute la positivité des univers et des galaxies ainsi que des mondes parallèles et même la terre dont elle est issue.

Elle doit être ultra positive, être rechargée comme une batterie pleine d'énergie, à cent pour cent positive. Aucune faille possible. Les contraires peuvent soit s'éloigner, soit se rejoindre. Nous allons donc devoir tout donner pour la relever et surtout déjouer toutes les ruses de Poison.

Annelet : Tu as raison. Que le travail commence !

7

Ils se trouvaient toujours face à ces galaxies immenses, avec ces couleurs détonantes. Ils remarquèrent toutefois que ce lieu était, ou en tout cas, semblait mort.

Ils déplacèrent Stacy grâce à leurs pensées communes et refermèrent la porte d'entrée des passages aux autres mondes et univers.

Pendant ce temps, Nao se trouvait bien malgré lui entouré de ses amis et famille. Tout le monde discutait tranquillement, même Jouvencette.

Il ne comprenait pas pourquoi plus personne ne parlait de sa cousine. Ils avaient l'air différent comme si ce qu'ils vivaient depuis maintenant quelques semaines était normal. Ils avaient été séparés brusquement et s'étaient fait une raison.

Nao enrageait littéralement et cherchait toujours une issue par laquelle il pourrait passer et retrouver Stacy. Il s'inquiétait pour elle car la seule fois où il était parvenu à la sentir tout proche par télépathie, il avait eu l'impression qu'elle était en danger.

Ne trouvant pas d'issue, il se concentra à nouveau pour tenter de la rejoindre, mais n'y parvint pas. Il soupira et ne cessa de recommencer jusqu'à ce qu'il y parvienne.

Stacy, de son côté, revenait à elle péniblement. Phénixa et Annelet avaient volontairement quitter ce lieu et étaient redescendu quelques mètres plus bas. Elle finit par dire : « Que s'est-il passé ? »

Annelet lui rappela les derniers événements et Stacy finit par dire : « C'est vrai que là-haut, je me suis sentie partir, une très grosse faiblesse, une crainte d'échouer, une envie pressante de quitter ces lieux maudits. Puis j'ai senti que mon corps commençait à lâcher aussi, je n'ai plus pu me relever. Je suis désolée, je n'ai pas réussi. »

Phénixa : Ce n'est rien, nous savons comment vaincre Poison.

Stacy : Comment ?

Phénixa : Accroche toi bien, reste ouverte d'esprit et profite car tu ne feras pas un merveilleux voyage comme celui-là tous les jours.

Stacy : Mais de quoi parles-tu ?

Phénixa : Nous allons nous recharger en énergie positive et pour cela nous allons faire le tour des mondes, qu'ils soient parallèles ou terrestre.

Nous devons, comme Poison, cumulaient une très très forte charge positive qui viendrait presque à exploser. Cette explosion devra avoir lieu ici même où tu as fait ton malaise. Nous ne devons toutefois pas trop tarder car plus le temps passe, plus Poison se renforce et le risque qu'il explose approche à grands pas. Tu voudras certainement profiter des personnes que tu rencontreras et qui te seront bénéfiques pour toi-même et tu ne devras pas oublier notre mission. Sauver les mondes et l'humanité entière.

Une fois, que tout sera fini, les choses et tous les aspects de la vie que tu connaissais auparavant reviendront à leur état normal.

Stacy : Je suis et serai ouverte d'esprit. J'ai hâte de me recharger en positivité. Mais d'abord comment pourrais-je me recharger et comment décharger la positivité ensuite ? Et quand partons-nous ?

Annelet : Tu vas accumulé physiquement, mentalement, émotionnellement autant que possible de la positivité que tu pourras ensuite libérer juste en maintenant ta bouche ouverte après avoir dit le mot POSITIVITE, ce qui permettra de la libérer. Rassure-toi cette énergie que tu déverseras ne te quittera pas complètement, tu en garderas une part qui te maintiendra positive pour la suite. Et nous partons maintenant ! Monte sur moi, je vais m'agrandir. Nous allons nous diriger vers la Terre pour commencer. Stacy obéit aussitôt et en deux temps trois mouvements, ils volaient dans les airs à toute allure.

8

Ils arrivèrent sur Terre rapidement. Celle-ci n'était plus du tout comme Stacy l'avait vu pour la dernière fois. Elle était lugubre, sombre, la plupart des gens étaient et avaient le regard terne, plombé, fermé. La vie semblait avoir quitté une majorité des paysages, des êtres vivants qui y demeuraient. Stacy fut choquée par ce constat. Elle comprit que sa tâche serait vraiment la plus importante et périlleuse qui soit et s'efforça de garder le cap. Phénixa lui dit : « Comment te sens-tu ? »

Stacy : C'est si différent de la dernière fois où j'y étais. C'est frappant !

Elle leva les yeux au ciel et put apercevoir loin, très loin dans le ciel, l'ombre de Poison plané.

Il fallait faire vite, ce n'était plus qu'une question de temps avant qu'il ne déverse toute sa négativité partout et que les mondes disparaissent, laissant le chaos partout. Stacy finit par dire : « Y a-t-il un endroit où le monde est autrement ? »

Annelet : Oui, nous y allons immédiatement. Des populations reculées des Amériques du Nord et du Sud ; certaines, d'Afrique du Sud ; quelques tribus d'inuit qui poursuivent leur vie ; en Océanie ; en Inde, Chine ; Ukraine ; Russie ; en Europe pour finir, que des endroits reculés où les populations ne sont pas sous le joug de l'innovation, du progrès, de la technologie principalement et s'ils le sont, ils y ont moins accès.

Stacy hocha la tête machinalement, elle réalisait que la situation était véritablement critique. C'était dur et tout reposait sur ses épaules.

Annelet volait vite et ils arrivèrent rapidement au premier point, puis au second, au troisième et ainsi de suite. Stacy rencontrait des populations entières, adorables et surtout très accueillantes, positives et voyant toujours le bon côté des choses.

Elle, qui était et se sentait particulièrement négative avant, commençait à se porter mieux, autant physiquement que mentalement. La positivité s'installait en elle et elle revivait.

Peu à peu, elle se chargea en énergie positive, juste en étant bienveillant, en respectant les consignes. Ils quittèrent la terre et se dirigèrent vers de nouvelles contrées parallèles.

9

Le temps passait vite, elle ne se lassait pas de rencontrer du beau monde, elle avait déjà traversé plusieurs mondes parallèles et elle avait rencontré autant d'habitants fabuleux que sur Terre, elle se sentait pleine de vie, de joie et remplie d'amour et de gratitude envers la vie, la nature, sa condition et plein d'autres choses.

Elle se trouvait à présent dans le monde de l'optimisme dans lequel tout le monde se portait bien, se sentait heureux et vivait en harmonie, toujours prêt à aider, protéger, jouer, aimer, prier et se renforcer mutuellement.

Elle y passa plus de temps que prévu, elle se serait bien vu vivant parmi eux pour toujours mais son devoir la rappeler à l'ordre. Elle fut contrainte de poursuivre sa route, grâce à ce monde, elle était chargée à soixante-dix pour cent. Il ne lui restait plus qu'à continuer sa route et faire augmenter son taux.

Ce qu'elle fit, accompagnée de Phénixa et d'Annelet qui volait très vite, elle atteignit très rapidement les cent pour cent et les dépassa même.

Elle se sentait pleine à craquer de positivité. Elle se sentait forte, belle, pleine de gratitude, intelligente, sûre d'elle, confiante, combative, aimante, courageuse notamment. Elle finit par dire : « J'ai atteint l'objectif, allons-nous rentrer ? Je sens l'ombre de Poison s'agrandir encore ! Il est prêt à exploser. Je sens que je ne pourrai plus retenir toute cette énergie non plus, nous devons rentrés au plus vite et que tout cela cesse une bonne fois pour toute. »

Phénixa : Tu as raison, nous allons retourner à la porte et tu déverseras tout ce que tu as emmagasiné à l'entrée de celle-ci.

Annelet opéra un demi-tour et activa son turbo. En à peine quelques heures, alors qu'ils se trouvaient à des années lumières, ils arrivèrent à destination. Mais ce qu'ils trouvèrent les laissèrent sans voix.

Poison avait déjà déverser sa négativité, il se trouvait à présent minuscule, et par son geste, chaque habitant de chaque monde s'en trouvait affecté. Les mondes, quel qu'ils soient devenaient sombres, tristes, furieux, critiques et tant d'autres termes insuffisamment forts pour décrire ce que Stacy avait sous les yeux.

Elle ne se laissa pas abattre, elle qui se sentait à présent, extrêmement positive dans tous les domaines de sa vie, s'empressa d'ouvrir la fameuse porte, de bien se concentrer et de déverser au mieux sa positivité partout dans les mondes afin de renverser la vapeur de Poison.

Une fois terminée, elle attendit un peu. Phénixa lui dit : « Ne t'inquiètes, tu as gardé de la positivité pour toi. »

Stacy : Merci mais de ce que je vois, j'arrive trop tard.

Annelet : Non regarde, il a fallu du temps pour renverser les effets de Poison mais c'est en train de changer petit à petit.

Stacy s'approcha et regarda de plus près. Elle réalisait que cette porte, cette issue lui permettrait de surveiller l'état général des différents univers et mondes existants.

Elle fut soulagée lorsqu'elle apprit que cette porte pourrait la suivre et s'installait auprès des paramètres généraux. Elle ne serait visible que d'elle. Même Jouvencette n'y aurait pas accès. D'ailleurs qu'étaient devenus les siens ?

Ils se sentaient tous anxieux, en colère, tristes, mélancoliques, frustrés et ils ne ressentaient que des sentiments, émotions et ressentis négatifs.

Mais grâce à Stacy, ils commençaient peu à peu à revenir à des émotions positives. C'était très étrange ce mélange de positif et négatif. L'un allait avec l'autre mais le sentiment commun restait que la négativité l'emportait sur le reste puis finalement que leurs émotions initiales étaient et seraient pour toujours leur favoris. Ils allaient mieux et c'est tout ce qui compter. Les mondes dont la Terre mirent plus de temps à se remettre de ces événements, mais y parvinrent malgré tout.

Poison éclata en mille morceaux, en tout cas c'est ce qu'elle crut à ce moment-là, après le déversement de Stacy et celle-ci put à loisir aidé son prochain autant qu'elle le put. Elle retourna chez elle, aux paramètres généraux et fut accompagnée de la porte des passages aux mondes et galaxies. Celle-ci se posa dans un endroit bien précis et n'en bougea plus jamais.

Stacy rentra dans les paramètres généraux et réactiva toutes les données qu'elle avait mise en pause le temps de son absence. Ainsi, tous les habitants quel qu'ils soient pourraient à nouveau, se reconnecter à ses réseaux sociaux préférés et profiter pleinement de ceux-ci. Elle testa elle-même en ouvrant ses applications et elle vit apparaître un portail.

Elle dut attendre plusieurs mois avant que les siens la rejoignent. Ils ne la reconnurent pas. Stacy aurait dû avoir vieillie depuis tout ce temps mais il n'en était rien. Elle les salua tous et leur raconta tout ce qu'il lui était arrivé. Ils la félicitèrent et passèrent vite à autre chose, ce qu'elle trouva étrange. Elle poursuivit sa route auprès de personnes qu'elle ne reconnaissait plus. Cela lui fit du tort mais elle parvint à demeurer positive quoiqu'il arrive.

Les réseaux sociaux se portaient bien, chaque nouvelles fonctionnalités étaient utilisées à bon escient et tous profitaient autant que possible. Stacy se sentait fière d'elle,

elle en avait parcouru du chemin depuis son aspiration dans ce portail chez elle. Seuls Géométrika, Opaline, Billettine la suivirent, sans doute parce qu'aucun d'eux n'étaient comme elle. Ils furent rejoints par Coccinella, Libellula et Scarabéo qui reconnurent la valeur exacte de leur amie. Tous les autres eurent besoin d'encore plus de temps pour dépasser les derniers événements.

Stacy surveillait les paramètres généraux et continuait parallèlement sa quête de découverte des nouveaux mondes et univers auprès des siens.

Tome 6

1

Des mois étaient passés et Stacy se trouvait toujours entourée des siens. Ces derniers avaient clairement gardé une attitude négative, des émotions négatives. Stacy n'avait nullement besoin de lutter pour demeurer positive mais elle peinait à avoir le sourire chaque jour malgré tout. Annelet et Phénixa passaient beaucoup de temps à lui parler, la raisonner. Après tout ce n'était pas totalement de sa faute si Poison avait réussi son entreprise. Et beaucoup d'autres choses de ce genre. Stacy hochait simplement la tête en guise de réponse.

Auprès d'elle donc, était resté et redevenu normal, l'Alliance Fantastique, Coccinella, Libellula et Scarabéo. Opaline, Géométrika également. Seuls ceux qui avaient un corps demeurer négatif. Ils s'étaient installé auprès de Paul et des terriens qui étaient venu vivre dans les mondes parallèles. Même Jouvencette n'était plus son arrière-grand-mère, elle était distante et semblait même lui reprocher son état.

Stacy se sentant inutile voire de trop et s'était retirée et était retourné auprès des paramètres généraux et de la porte au mille mondes qu'elle était seule à voir. Elle avait, grâce à sa perle, créait une demeure qui lui permettrait d'accueillir ceux qui l'accompagnaient. Un matin, elle fut réveillée par des cris provenant de l'extérieur. Elle sortit rapidement pour voir ce qu'il se passait et elle découvrit son cousin Nao avec une épée dans la poitrine, en train de se vider de son sang. Sans perdre une seconde de plus, elle s'élança vers lui et lui attribua les premiers soins. Elle pleurait. Chaque larme qui roulait le long de ses joues l'éloignait davantage de lui. Après l'intervention de Phénixa et les gestes de premiers secours réalisés, il sortit de son état inconscient et fit tout un tas de reproches à Stacy.

Celle-ci fondit en larmes et s'enferma dans sa maison, le laissant seul devant ses fenêtres. Annelet se chargea de le renvoyer auprès des siens. Il voulut ensuite remonter le moral à cette dernière mais alors qu'il allait parlé, elle se releva et dit : « J'ai décidé de partir à la recherche d'une solution. J'emmènerai avec moi tous ceux qui vivent ici et ensemble, nous trouverons un moyen de guérir tous ceux qui n'ont pas réussi à se remettre des dégâts de Poison. »

Phénixa : Oui sur terre ou ailleurs, il doit bien y avoir également des personnes saines qui pourront te prêter main forte.

Stacy hocha la tête. Elle avait décidé de ne plus subir. Elle alla trouver les siens qui poursuivaient leur nuit et une fois mis au courant, l'on put apercevoir un large sourire sur leur visage. Enfin de l'action !

2

La nuit fut courte pour Stacy. Elle tentait d'élaborer des plans pour leur expédition mais ne parvenait pas vraiment à se concentrer. Phénixa lui suggéra de retourner dormir et elle accepta.

Elle ne se réveilla que tard dans la matinée, le soleil était déjà haut dans le ciel. Elle se prépara rapidement et retrouva les siens discutant en l'attendant.

Opaline la vit et lui dit : « Bonjour Stacy, tu t'es bien reposée après cette nuit entrecoupée ? »

Stacy : Ma foi oui. J'en avais besoin. Mais au fait, pourquoi Nao s'est-il retrouvé avec une épée dans le cœur ? Comment est-ce possible ? C'est étrange quand même, non ?

Billettine : Et s'il y avait du nouveau monde là où ils vivent tous ?

Stacy : Mais n'aurai-je pas dû les voir s'il y avait eu de nouveaux arrivants ?

Billettine : Tu as raison.

Tu sais, nous savons ce qu'ils te reprochent également.

Stacy : Quoi donc ?

Coccinella : Le fait que tu aies vécu des aventures sans eux du temps de Poison.

Stacy : Mais je ne pouvais pas vous rejoindre, je devais éradiquer le problème à sa source sinon nous ne serions pas là pour en discuter. Les mondes, le web, les réseaux sociaux, tout aurait disparu complètement !

Annelet : Ce qu'elle dit est vrai, sans elle et ses interventions, vous ne seriez plus de ces mondes ou au moins vous ne seriez plus là pour en discuter. Vous seriez restés comme les autres.

Se tournant vers Stacy : « J'ai pu discuter avec la Reine Perséide cette nuit et elle m'a mis au courant de l'état général des choses partout mais surtout sur terre. »

Stacy : Et ?

Phénixa : La situation est catastrophique. Les réseaux sociaux ne sont plus accessibles qu'à une minorité. Le reste se retrouve couper du monde.

Stacy : Il y a quelque chose que je ne comprends pas, vous m'aviez dit qu'en me chargeant de positivité, j'empêcherai Poison d'étendre sa négativité sur les mondes. Il l'a fait à peine quelques minutes avant moi et voilà où nous en sommes !

Annelet : Rappelle-toi le dernier monde dans lequel tu te sentais bien, tu y serais restée tu avais dit. Ce laps de temps où tu as délaissé un peu notre mission, c'est à ce moment-là que Poison en a profité pour déverser sa négativité. Il a profité d'un moment de faiblesse. Il a utilisé un de tes points faibles. Lorsque nous sommes arrivés, malgré toute ta positivité, tes efforts n'ont pas été concluants car tu débutais avec deux épines dans le pied comme on le dit. Tu partais quasiment vaincu. Et c'est d'ailleurs l'une des raisons pour laquelle ton retour n'a pas eu autant d'effets positifs.

Stacy : Tu es en train de me dire que tout ce qui se passe est de mon entière responsabilité ?

Phénixa : Non pas complétement. Mais en partie seulement.

Stacy : Dans ce cas, il va vraiment falloir que je rattrape le coup et que tout redevienne comme avant.

Scarabéo : Nous sommes avec toi Stacy, nous te suivrons où que tu iras.

Il lui fit un large sourire qu'elle lui rendit immédiatement.

3

Ils se préparèrent chacun de leur côté et se retrouvèrent devant la porte d'entrée. Stacy vérifia les paramètres généraux et prit la décision de tout arrêter. Ce n'était pas plus mal ainsi de toute façon rien n'allait nulle part.

Elle alla ensuite vers la porte menant à tous les mondes et l'ouvrit. Elle observa bien d'en haut. Elle ne vit rien au début puis alors qu'elle refermait la porte, celle-ci lui dit : « Attends, tu es trop impatiente ! Ne ferme pas encore ! Tu as omis un détail de la plus haute importance ! »

Stacy : J'allais refermer parce que je n'ai rien vu et que les miens m'attendent. Que dois-je voir ?

La porte : Là-bas, tu vois dans le monde en forme de cuillère et dans celui en forme de fleurs et dans la terre, partout en fait, si tu fais bien attention, se trouve un premier rayon noir épais d'environ dix à quinze centimètres traversant les mondes comme bon lui semble.

Et plus loin, un rayon de lumière multicolore un peu plus tortueux, capable de s'enrouler autour d'objet, de nature ou de personne et de poursuivre sa route, ayant comme but unique de sauver une majorité de personnes partout dans les mondes. Stacy se concentrait. Elle finit par voir ce qu'elle lui racontait.

Elle observait en détail ces deux phénomènes et finit par dire : « Ce sont les conséquences de Poison et de moi ? »

Phénixa : Oui Stacy. Lorsque vous avez déversés votre trop-plein d'énergie, il s'est formé ces deux rayons, l'un qui, lorsqu'il croise les mondes restants, il les achève un peu plus ; l'autre, est plus doux, plus responsable. Il s'enroule et poursuit sa quête de guérison. Il tente de sauver le plus de monde.

Stacy : Peuvent-ils se rencontrer ?

Annelet : Oui sans doute. Le jour où cela arrivera, ils s'affronteront. Mais il est évident que si tu te renforces à nouveau auprès des tiens, le rayon multicolore remportera le duel. Et, là nous pourrons vraiment espérer que tout redevienne comme avant !

Stacy : Mais est-ce que ce rayon noir est passé par les nôtres ? Nao ? Jouvencette ? Grouillot et compagnie ?

Phénixa : Vois par toi-même !

Stacy regarda et vit ce qu'était arrivé à son cousin. Le rayon noir l'avait transpercé et en le quittant, il lui avait laissé un couteau dans le cœur.

Stacy : Mais est-ce que ce rayon noir ne passerait pas uniquement dans les endroits où les gens, les éléments sont les plus négatifs. Cela doit l'attirer, non ?

Annelet : Tout à fait, il va donc falloir remédier à cela.

Stacy : Mais comment ?

Phénixa : Fais toi confiance. Tout ira bien.

Stacy : D'accord mais où devons-nous aller maintenant ?

Phénixa : Empruntons cette porte tous ensemble et retrouvons-nous à l'origine de ces deux rayons. Ce sera une bonne base.

Stacy hocha la tête, ramena ses amis qui l'attendaient et tous furent en à peine quelques secondes à l'endroit en question.

Un premier travail d'investigation allait pouvoir débuter.

4

Alors qu'ils observaient les alentours et qu'ils réfléchissaient à ce qui avait bien pu se passer, Stacy émit une hypothèse à haute voix : « Mais j'y pense ! Et si Poison avait rencontré Togue et sa clique, est-ce possible ? »

Annelet : Oui, tout est possible, après tout ils avaient des points communs, les mêmes ambitions. Mais si c'est le cas, ils ont dû se renforcer.

Stacy : Je ne sais pas pourquoi mais je pense que s'ils se sont déjà rencontrés, ils ont dû mettre au point un stratagème pour qu'ils continuent à « vivre » si l'un ou l'autre tombait. Lorsque nous avons attaqués Togue et les siens, nous pensions que c'en était terminé mais ils ont la dent dure ces pourris-là, ils ne s'avouent pas vaincus facilement, j'aurai dû y penser ! Et concernant Nao, Jouvencette et tous les autres, je sais pourquoi ils sont dans cet état, je n'y suis pour rien en fait.

Opaline : Développe s'il-te-plait.

Stacy : Eh bien, rappelez-vous ce que disait Jouvencette, il faut savoir aimer, accepter, pardonner et ne ressentir que de bons sentiments, et ressentis hors, en se vengeant, elle a commis une faute. Je sais bien qu'ils voulaient notre perte, que de grands enjeux étaient en cours mais peut-être aurait-elle pu tout simplement le réduire au point qu'il ne soit plus que l'ombre de lui-même sans forcément le tuer. L'acte en lui-même est punissable pour n'importe quel mortel, alors pourquoi pour les familles de sorciers cela serait-il différent ? Elle a laissé sa vengeance prendre le dessus et Nao, c'est pareil, il a tué Sarah. C'est sans doute pour cela qu'ils ont beaucoup plus de mal à retrouver un état normal.

Billetinne : Et Doucella, ses parents, Grouillot, Amio ?

Stacy : Eh bien, Doucella s'est vengé de sa sœur Frustrella et les autres pensent comme elle et se sont félicités de cela.

Opaline : Mais toi ? Qu'en as-tu pensé ?

Stacy : Du fait, qu'ils se vengent ? Je ne sais pas, je n'aurais pas été capable de tuer, je ne pense pas. Mais j'aurais fait souffrir. Je me serais arrêté à cela.

Phénixa : Oui, ça se tient. Tout ton raisonnement tient, Stacy. Le négatif attire du négatif et le positif attire du positif. En tuant, en se vengeant, ils ont attiré une partie de négatif, peut-être même qu'ils ont remplacé une part de positivité en négativité, ce qui les as conduit à se retrouver dans cet état. C'est logique et c'est pour cela qu'ils rejettent la faute sur toi, ils ne ressentent plus que des mauvaises choses et si tu dis vrai et que Togue et Poison se sont associés pour continuer à « vivre » alors les rayons noirs que l'on voient partout sur terre et ailleurs sont encore plus dangereux que ce que l'on pensait. Quel est ton plan maintenant ?

Stacy : Je ne sais pas encore mais on va trouver.

5

Elle finit par dire : « Je pense qu'on va devoir agir en deux temps. Et tout doit être fait en même temps, parce que finalement, on était tous de la même famille et nous avons tous du sang en commun. Je parle bien sûr de Nao, Jouvencette, Amio, Doucella, Sarah. Et, il y a donc un peu de Togue en chacun d'entre eux, surtout depuis qu'ils les ont tués. Du coup, on va devoir se scinder en deux groupes, certains iront avec les nôtres pour les désensorceler de ce dernier, en revanche, je vous préviens la méthode est peu ragoûtante, mais obligatoire.

Et j'irai avec Opaline, Billetinne, Annelet et Phénixa à la rencontre de Poison et ce qu'il reste de Togue.

Libellula : Donc comment doit-on procéder pour les débarrasser de Togue ? Et comment saurons-nous que tu es sur le point de gagner la bataille contre eux ?

Stacy : Je suis certaine qu'ils ne se laisseront pas faire facilement, le moment où cela fonctionnera, c'est que moi-même je serai en train de vaincre Poison et Togue.

Scarabéo : Crois-tu que nous allons y arriver ?

Stacy : Oui, il le faut. Nous ne pouvons pas continuer ainsi, avec ma perle et vous tous à mes côtés, nous sommes invincibles. Nous devons gagner ! Et retrouver au plus vite notre routine auprès des nôtres. C'est notre devoir !

Coccinella : Tu as raison.

Stacy leur tendit la main qu'ils attrapèrent et elle leur dit : « Tout ira bien, cela ne sera pas simple mais ça va le faire, il ne faudra pas se décourager, il faudra être très tenace, jusqu'à la victoire ! »

Scarabéo, Coccinella et Libellula hochèrent la tête. Ils souhaitèrent bonne chance à leur amie Stacy et ils s'empressèrent de retourner auprès des concernés pour commencer leur mission.

Billetinne : Où va-t-on maintenant ?

Stacy : Nous allons retourner là où se cachaient Togue et les siens avant qu'il ne soit tué.

Opaline : Tu n'as pas peur ?

Stacy : Non. Allez c'est parti.

6

Ils arrivèrent rapidement sur les lieux en question, les corps des membres de Togue n'étaient plus là. Où étaient-ils passés ? Personne, à cet instant, n'avait la réponse.

Stacy ne s'éparpilla pas, elle fouilla les environs de fond en comble et alors qu'elle allait s'arrêter, son regard s'accrocha sur un point précis dans une roche, non loin.

Elle s'approcha et observa sans dire un mot, elle tendit l'oreille pour voir si elle entendrait quelque chose. Elle utilisait tous ses sens, elle allait touché mais Annelet l'arrêta net : « Non, ne fait pas ça ! »

Stacy : Pourquoi ?

Annelet : Parce que cela va t'aspirer comme Togue dans Poison, tu seras perdue !

Stacy : Peut-être pas, peut-être que c'est la solution au contraire, parce que je ne suis pas seule, vous êtes là avec moi et tu disais même que tu étais aussi puissant que Poison et que tu pourrais le détruire. Quoi de mieux que de le faire alors que tu seras assimilé à lui, nous serons aux premières loges pour les détruire tous les deux !

Annelet : Je ne sais pas, tu as l'air sûre de toi ? Ne crois-tu pas qu'il puisse y avoir une autre solution ?

Stacy : Peut-être mais j'aimerais vite pour pouvoir retrouver ma vie d'avant. J'ai une question pour toi ?

Annelet : Je t'écoute.

Stacy : Depuis quand « sa source » se trouve là ? Le savais-tu seulement ? Est-ce que cela remonte au moment où ils se sont croisés tous les deux ? Serait-ce un maléfice de Togue ? L'aurait-il obligé à demeurer là pour avoir la main mise sur l'humanité et ne pas mourir ?

Annelet : Je n'ai aucune réponse à tes questions parce que le jour où je me suis détaché de lui, j'ai été désynchronisé et donc je n'ai plus été au courant de quoi que ce soit. Mais vu le personnage de Togue et les obsessions de Poison à faire régner le mal, c'est possible. Navré je ne peux pas t'en dire davantage.

Stacy : Ce n'est pas grave, mais même sans être sûre, ce que je pense parait logique.

Phénixa dit : « Je pense que tu dois écouter ton instinct. Suis ton cœur, je suis avec toi et nous allons détruire les deux à la fois, je ne dis pas que ce sera simple mais nous finirons par y parvenir. »

Stacy hocha la tête, Billetinne s'introduisit dans sa poche et alors que son amie approchait à peine sa main de la source noire, ils furent tous aspirés à l'intérieur de Poison, rejoignant Togue, choqué mais surtout très énervé de s'être fait démasqué.

7

Ailleurs, l'Alliance Fantastique se trouvait aux côtés de Jouvencette, Nao, Amio, Doucella, ses parents. Ces derniers avaient changé d'apparence. Ils étaient méconnaissables, même les terriens les avaient fui et s'étaient réfugiés chez leurs voisins.

Ils avaient donc, sans aucun problème, récupérer leur domicile. Coccinella leur répétait : « Qu'avez-vous ressentis pendant l'acte de vengeance de votre famille ? »

Jouvencette répondait toujours pareil : « Ils n'étaient plus de ma famille, ils m'ont traqué et fait beaucoup souffrir, ils méritaient ce qui leur est arrivé. Si c'était à refaire, je recommencerai. »

Nao, quant à lui, se bouchait les oreilles, au fond, très profondément de lui, il se sentait mal, il sentait que sa vengeance envers Sarah, l'avait changé, l'avait modifié, l'avait transformé, mais il était trop pourri, trop faible, à cet instant pour l'admettre.

Doucella et sa famille se remémoraient les méfaits de Frustrella et se convainquaient qu'ils avaient bien agi envers elle.

La partie pour nos amis était loin d'être gagnée. Ce n'était pas grave, ils étaient au courant, ils poursuivirent leur travail sur eux. Ils se demandaient comment et où se trouvait Stacy.

Et en parlant d'elle, elle et les siens se trouvaient à l'intérieur de Poison, dans cet énorme rayon noir qui traversait les mondes et qui aggravait tout sur son passage, réduisant à néant la vie qui s'y trouvait.

Une bataille acharnée qui dura plusieurs semaines, avait débuté dès leur arrivée entre Annelet et Poison et Stacy se battait contre Togue, elle se remémorait tout ce qu'il avait fait de mal dans sa famille, son cousin Nao, sa sœur jumelle Sarah, son arrière-grand-mère Jouvencette, Doucella, Amio, Grouillot et les mondes. Cela lui donnait du courage pour tenir bon. Grâce à Dieu, elle était accompagnée de Billetinne, Opaline et surtout sa perle. Avec tous ses pouvoirs et leur synchronicité, elles parvinrent à neutraliser leur adversaire. Il ne pouvait plus bouger. Mais comment le représenter ? Il avait été tué par sa sœur en personne. Il s'agissait d'une part de son âme, âme noire et maléfique. Stacy se battait donc contre une partie de l'âme de Togue et celle-ci avait pu, grâce à Poison, retrouver partiellement sa forme de sorcier. Ainsi, Stacy bataillait contre une âme folle alliée et dangereuse, ressemblant à une moitié d'homme. Très étrange à y bien penser, mais elle avait arrêté de se poser ce genre de questions depuis bien longtemps.

Elle s'approcha de lui et d'un commun accord avec sa perle, lui dit : « Tu pensais que c'était Sarah qui avait la vraie perle aux mille pouvoirs, mais elle n'avait qu'un doublon. À présent, je vais t'éliminer pour de bon, tu ne pourras plus faire de mal, tu ne pourras plus semer le chaos. C'était bien vu de t'associer à Poison pour continuer à « exister » mais j'ai découvert la vérité et je vais t'arrêter dans ton élan. C'en est fini pour toi. »

Annelet qui lui aussi avait pris le dessus sur Poison, lui lança : « Tu es prête Stacy ? »

Cette dernière lui lança : « Oui, maintenant ! »

Annelet activa tous ses anneaux qui firent trembler Poison et Togue. Stacy activa sa perle qui fit exploser ce dernier en mille morceaux, Poison réduisit de moitié. Annelet lui dit : « Tu n'aurais jamais dû me quitter pour de mauvaises raisons, je vais t'achever à présent, tant pis pour toi. »

Le rayon noir avait réduit de moitié et diminuait d'intensité. Il ralentit également sa vitesse. Annelet se mit à tourner à toute allure et fit éclater Poison qui retourna auprès de la Reine Perséide qui l'emprisonna dans une cage d'étoiles, à tout jamais.

Au moment où Poison et Togue avaient, enfin été dissous, le rayon repassait auprès de l'Alliance Fantastique, il avait déjà refait pour la énième fois le tour des mondes. Seul le rayon multicolore de Stacy poursuivait sa quête de guérison dans les mondes, dont la terre.

Ils purent retrouver l'air libre et lorsqu'ils constatèrent qu'ils connaissaient les mondes en question, ils se dirigèrent auprès de leurs amis, l'Alliance Fantastique.

8

Ces derniers avaient compris que Stacy avait réussi sa mission lorsque d'un coup, ceux qu'ils tentaient de raisonner, se levèrent d'un bond et se mirent à évacuer le trop plein d'énergie négative mais surtout la vengeance et les sentiments, les maux, les ressentis qui en avaient découlé. Tant qu'ils auraient gardé cela en eux, jamais ils n'auraient pu se sauver.

La scène durait encore au moment du retour de Stacy et les siens. Celle-ci s'éloigna un peu et fit attraper dans des cages d'étoiles, ce qui en sortait. Afin que la reine Perséide s'en charge. Il s'était passé plusieurs semaines avant qu'ils parviennent à effacer de la surface des mondes, ces deux entités négatives et que tout redevienne normal.

La Reine Perséide récupéra les cages d'étoiles et s'occupa du reste. Nao qui, au fond de lui, se sentait misérable depuis la mort de Sarah, maintenant libéré, couru vers sa cousine Stacy et lui demanda pardon.

Elle lui dit : « Ne te venge plus de la sorte, on peut faire du mal autrement. »

Nao : Tu as raison, j'ai été aveuglé par tout le mal qu'ils m'avaient fait. Raconte-moi tout ce qui s'est passé depuis.

Elle hocha la tête et débuta son récit. Une fois terminé, elle lui dit : « J'ai achevé Togue dans le but de sauver l'humanité, Annelet s'est chargé de Poison. »

Nao : Tu ne te sens pas mal ?

Stacy : Non, car je n'avais pas le choix, en plus il ne s'agissait que d'une partie de son âme maléfique. Il aurait continué jusqu'à se renforcer complètement et je ne l'aurais pas permis.

Nao : Tu m'as sauvé encore une fois. Tu nous as sauvés tous. Je te suivrai jusqu'à ma mort.

Stacy : Merci Nao. C'est bon de te retrouver. Où est Jouvencette ?

Nao : Je ne sais pas. Allons voir.

Ils se dirigèrent dans la maison et la retrouvèrent affalée sur le canapé. Libellula les mit en garde : « Attention, ça ne va pas. »

Nao qui tenait le bras de sa cousine, la lâcha et alla la trouver, il s'assit près d'elle et lui dit : « Tu viens Jouvencette, Stacy nous a enfin libéré de cet état horrible dans lequel nous étions ! C'est enfin terminé ! »

Jouvencette : Je ne veux plus jamais la revoir, qu'elle soit maudite pour l'éternité !

Nao : Mais enfin qu'est-ce qui te prend ?

Jouvencette : Je n'ai pas regretté un seul instant d'avoir tué mon frère Togue, de quoi je me mêle ? Après tout le mal qu'il m'avait fait, elle n'avait pas le droit de penser que je le vivais mal.

Stacy : Tu n'aurais jamais pu te libérer de cet état si tu avais gardé ses sentiments en toi.

Jouvencette : Et ça m'allait très bien. Si j'avais su que tu utiliserais la perle contre moi, je ne te l'aurais pas légué.

Phénixa : Stacy a toujours été destiné à être reliée à moi. Tu m'aurais gardé, je n'aurais jamais activé mes pouvoirs. J'étais destiné à appartenir à Stacy. Elle n'est pas corruptible ni mauvaise, alors que toi tu l'es, tu ressembles davantage aux tiens que tu ne veux l'admettre. Je te défends de répéter ce genre de malédictions contre elle, sinon tu auras à faire à moi, as-tu bien compris Jouvencette ? »

Celle-ci voulu l'arracher de l'oreille de Stacy mais Phénixa la transforma en glaçon. Elle dit à Stacy : « Mettez-là au soleil, elle fondra et disparaitra comme elle est venue. »

Nao : Etions-nous obliger d'en venir là ?

Phénixa : Oui, elle voulait faire du mal à Stacy pour son intervention. Il vaut mieux qu'elle disparaisse, cette lignée est corrompue, elle avait accumulée trop de haine et son désir de vengeance était immense, ils avaient pris toute la place dans sa vie, elle n'était plus vraiment elle-même. C'est malheureux mais cela apporte une leçon importante : il est toujours préférable de pardonner ou de renier plutôt que de se venger car cela entraine toujours une voire plusieurs modifications de son être et cela perd celui ou celle qui se retrouve dans ces situations.

Nao comprit et aider d'Amio et de Grouillot qui regrettaient également sa disparition mais qui comprenaient la situation, la soulevèrent et la placèrent dehors en plein soleil. Ils la regardèrent fondre et se transformer en flaque d'eau qui disparut sans laisser de trace.

Personne n'aurait pu penser que cette arrière-grand-mère aurait terminé ainsi, elle semblait pourtant tout à fait normale au début. Comme quoi les apparences étaient vraiment trompeuses.

Doucella et ses parents les quittèrent également, là encore personne ne s'y attendait. Seuls Billetinne, Coccinella, Scarabéo, Libellula, Amio, Grouillot et bien sûr Nao restèrent auprès de Stacy pour la soutenir mais également pour la suivre dans toutes ses aventures.

Ils retrouvèrent Paul et d'autres terriens, ils s'excusèrent pour la gêne occasionnée, Stacy leur expliqua les tenants et aboutissants et ces derniers acceptèrent leurs excuses. Ils purent retrouver leur domicile. Stacy retourna aux paramètres généraux et vérifia que tout se passait bien. Tout semblait être redevenu normal au grand soulagement de tous. Elle avait réussi sa mission auprès des mondes et des siens. Elle avait perdu en chemin plusieurs membres de sa famille mais elle en avait gagné d'autres et elle avait appris beaucoup. Elle en ressortait grandit, et n'était-ce pas cela le plus important dans une vie ?

Elle se tourna vers ses amis fidèles et leur dit : « Je vous remercie de m'avoir suivie et soutenue, que voulez-vous faire à présent ? »

Nao : Et si nous visitions les mondes ? Il y a tant de choses à voir !

Stacy lui sourit et ajouta : « D'accord, accrochez-vous bien car vous n'êtes pas au bout de vos surprises ! Annelet, veux-tu bien t'agrandir ? Nous allons être nombreux à monter sur toi ! »

Annelet : C'est comme si c'était fait.

En deux temps trois mouvements, ce dernier s'était agrandit de manière à ce que tous les amis se posent sur lui, Stacy leur dit : « Trouvez votre équilibre, nous partons à l'aventure ! »

Nao : Youhou ! Je savais en te voyant la première fois, que tu étais différente, je ne savais pas à quel point j'avais raison, je suis fier d'être ton cousin ! Je serais à tes côtés pour toujours, que l'aventure commence…

Annelet s'envola au travers des mondes, jusqu'aux étoiles, ils saluèrent la Reine Perséide et continuèrent leur route vers d'autres contrées, heureux d'être ensembles et conscients du potentiel qui les unissaient.

FIN